U0009504

彼得・曼德森其他著作

《封面》
(*Cover*)

彼得・曼德森（Peter Mendelsund）為克
諾夫出版社（Alfred A. Knopf）副藝術總
監、眾神圖書公司（Pantheon Books）藝術
總監，目前重拾古典鋼琴的嗜好。《華爾
街日報》讚美他設計出「最易辨識、最經
典的當代小說封面」。孟德爾桑德現居紐
約。

What

We

See

When

What We See When We Read

我們在閱讀時
看到了什麼？

彼得‧曼德森 (Peter Mendelsund) 著

許恬寧 譯

catch 219

我們在閱讀時看到了什麼？：用圖像讀懂世界文學

作者、封面及內頁設計：彼得・曼德森（Peter Mendelsund）
譯者：許恬寧
責任編輯：潘乃慧
美術編輯：何萍萍
校對：陳錦輝
法律顧問：全理法律事務所董安丹律師
出版者：大塊文化出版股份有限公司
台北市 10550 南京東路四段 25 號 11 樓
www.locuspublishing.com
讀者服務專線：0800-006689
TEL：(02)87123898 FAX：(02)87123897
郵撥帳號：18955675 戶名：大塊文化出版股份有限公司
版權所有　翻印必究

總經銷：大和書報圖書股份有限公司
地址：新北市新莊區五工五路 2 號
TEL：(02) 89902588   FAX：(02) 22901658
初版一刷：2015 年 9 月

定價：新台幣 450 元
Printed in Taiwan

本書獻給我的兩個女兒

「命題是現實的圖畫。
命題是我們想像現實的模型。」

——哲學家維根斯坦（Ludwig Wittgenstein），

《名理論》（*Tractatus Logico-Philosophicus*）

「我想我這輩子永遠忘不了第一次見到白羅偵探（Hercule Poiro）的情景。當然，後來就習慣了，但我一開始嚇了一跳……我不知道我原本是怎麼想像的……當然，我知道他是外國人，但沒想到會這麼外國，如果你懂我的意思。你見到他的時候會想笑！他看起來像舞台劇演員，或是從畫裡冒出來的人。」

——阿嘉莎·克莉絲蒂（Agatha Christie），

《美索不達米亞驚魂》（*Murder in Mesopotamia*）

「寫作……不過是對話的別名。一個令人愉快的同行者不會講個不停，自己說完所有的話；因此一個舉止合宜、懂分寸的作者，也絕不會替所有人思考：對讀者的理解力獻上崇高敬意的方法，就是彬彬有禮地把事情減半，留點東西給他們想像。你要給自己空間思考，也要給他們空間思考。」

——英國小說家勞倫斯·斯特恩（Laurence Sterne），

《項狄傳》（*The Life and Opinions of Tristram Shandy, Gentleman*）

「幻想，這善於騙人的妖精，無法一手遮天。」

——濟慈（John Keats），〈夜鶯頌〉（*Ode to a Nightingale*）

畫畫

與

「想像」

我們不妨從莉莉・布里斯科（Lily Briscoe）開始說起。

莉莉・布里斯科是英國作家維吉妮亞・吳爾芙（Virginia Woolf）小說《燈塔行》（*To the Lighthouse*）的主要人物——「眼睛小小的，像中國人一樣，五官不安地皺在一起」。莉莉是位畫家，小說敘事進行時，她正在作畫，畫中情景是雷姆塞夫人（Mrs. Ramsey）坐在窗邊念書給兒子詹姆士（James）聽。莉莉的畫架擺在窗外草坪上，她作畫時，幾名客人在屋旁走來走去。

莉莉很怕不速之客打擾，畫畫是一件必須全神貫注的事，不能被打斷。想到馬上會有人靠過來，質疑她為何這樣畫、為何那樣畫，她就神經緊繃。

不過她多慮了。最後湊過來看畫的人是班克斯先生（Mr. Bankes），他是個性格溫和的好人。他問她：「『那邊那個』紫色的三角形是什麼？」（那其實是雷姆塞夫人和她的兒子，不過「沒人看出那是在畫人」。）

> 他心想，母子之情受到世人崇敬。眼前這位母親，更是以美貌聞名。然而母親與孩子也可以被簡化成一團紫色的陰影……

母親與孩子：被化約了。

***

我們從頭到尾沒看到這幅畫（吳爾芙小說中莉莉所畫的畫），
僅被告知有這幅畫。

身為讀者的我們，被要求想像莉莉描繪的景象（我們被要求同
時想像兩件事：小說中的景色，以及景色被畫下來的樣子）。

***

以上是個不錯的討論起點：莉莉所畫的景物，以及畫中呈現的
形狀、模糊色調與明暗。這幅畫是莉莉對眼前場景的描述——那
是她的閱讀。

我看不到莉莉試圖捕捉的景色。

我看不到莉莉本人。在我的心中，她是幾乎辨識不出來的象形
文字。

書中場景與場景中的事物也模糊不清。

然而奇怪的是，這幅畫卻顯得……躍然紙上。

***

3

小 說

「雜七雜八的念頭，跳出他的書本，闖進他的想像。」
——《書齋裡的唐吉訶德》（*Don Quixote in his Library*）

我們在閱讀時看到了什麼？

（除了書上的文字之外。）

我們在心中想像著什麼？

有個故事叫
「閱讀」。

我們全都知道
這是個什麼樣的故事。

這是一個有畫面、
有想像
的故事。

閱讀的故事是一則事後被回想起來的故事。我們閱讀時，心思沉浸其中。在那個當下，我們愈是專心、愈是入迷，就愈難讓頭腦理性分析的那一部分影響我們正在投入的體驗。因此，我們討論閱讀的感受時，其實是在談「曾經閱讀的記憶」。*

而這份閱讀的記憶是不實的記憶。

* 我們不可能檢視自己過去的意識。十九世紀哲學家暨心理學家威廉・詹姆士（William James）形容，這種不可能的嘗試「試圖在一瞬間快速打開煤氣燈，以求看到黑暗」。

回想閱讀一本書的經驗時，
我們假想一連串不斷開展的畫面。

舉例來說，我記得我讀托爾斯泰（Leo Tolstoy）的
《安娜‧卡列尼娜》（*Anna Karenina*）時：

「我看見安娜，我看見安娜的房子……」

1

2

What

WHEN

Vin...
MMXIV A...

在我們的想像中，閱讀的經驗就像觀賞一部電影。

WE SEE

WE READ!

ctures
RESERVED

但那不是真的——閱讀不是看電影，也不**像**看電影。

如果我請你「描述安娜·卡列尼娜」，你可能會說她很漂亮。如果你是個細心的讀者，你可能提到她「有著濃密的睫毛」，講到她的身材，甚至告訴我，她嘴唇上方有著一抹毛茸茸的小鬍子（是真的，她有汗毛）。文化評論家阿諾德（Mathew Arnold）則提到「安娜的粉肩、濃密的秀髮、半闔的雙眼……」

然而安娜究竟長什麼樣子？你可能覺得自己很熟悉一個角色（人們覺得某個角色描寫得很出色時，常會說：「彷彿我認識她一樣。」），但這不代表你實際想像出一個人。你的腦海裡沒有一個固定人像——沒有一張完整無缺的臉。

***

這張圖是依據托爾斯泰小說中的描述，用警方的緝凶素描軟體畫出的安娜·卡列尼娜（在我的想像裡，我一直覺得她的頭髮應該更捲、更黑一點才對……）。

大部分作者在描述小說人物時，在有意無意間，較常形容動作，而不是外表。就算某位作者擅長描述外貌，我們只會知道東一點、西一點的身體部位，以及隨機的細節（作者無法**什麼都**告訴我們）。我們會彌補空白處，自行填上資訊，也會避開不知道的地方，想辦法跳過。安娜的頭髮、身材……這些都只是片段，無法構成一個真正的人物畫面，只讓我們知道某種體型、某種髮色……**安娜長什麼樣子？**我們並不知道——我們在心中描繪角色的能力，還比不上警方的緝凶圖。

在腦海裡描繪出視覺圖形，似乎需要全神貫注⋯⋯

⋯⋯雖然有的時候，某些影像不請自來。

（那個影像若即若離，一想仔細看清，就一閃而逝。）

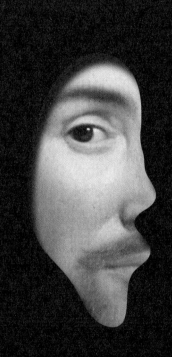

我請教一些讀者能否明確想像自己最喜歡的人物。我問到的讀者認為，套用文豪莎士比亞的話，深受喜愛的角色「形象會被具體化」。

回答我問題的讀者認為，一本小說成功與否，要看大家覺得人物是否真實。有的讀者甚至說，一本小說要好看，主角必須讓人易於想像：

我問：「你能在心中想像安娜‧卡列尼娜的樣子嗎？」

「可以，」他們回答：「就好像她站在我眼前一樣。」

「她的鼻子是什麼樣子？」

「我沒仔細想過這件事，但現在想一想，那種人的鼻子，大概會是……」

「可是等一下……在我問你之前，你是怎麼想像她的樣子？沒鼻子嗎？」

「嗯……」

「她眉頭深鎖嗎？有瀏海嗎？身材如何？她無精打采嗎？有沒有笑紋？……」

（只有讓人讀得非常不耐煩的作者，才會如此絮絮叨叨。*）

***

---

* 不過托爾斯泰一直提到安娜有著「一雙纖纖玉手」。對托爾斯泰來說，這樣的敘述象徵著什麼？

有些讀者發誓，他們可以在心中栩栩如生地描繪出角色，但只有在閱讀的當下才辦得到。我不太相信這種說法，但我開始懷疑，是不是因為一般來說，我們的視覺記憶模糊不清，所以心中的人物畫面也跟著不清不楚？

**

我們用想像力來做個實驗：想著你母親的樣子，然後想著你最喜歡的文學作品人物的樣貌。也可以想想你家房子的外觀，然後想一下《此情可問天》（*Howard's End*）中主角的房子「霍華德莊園」。在你的腦海中，母親以及你喜愛的文學人物，兩者的影像差異在於，你愈專心，母親的樣貌可能愈清晰，文學角色則猶抱琵琶半遮面（你愈靠近看，她就躲得愈遠）。

（事實上，這個實驗結果讓人鬆了一口氣。我幫小說人物安上一張臉時，出現的不是大家認識的人，而是一張拼湊的臉孔。我把自己認識的人套進了想像*，然後心想：**那不是安娜！**）

* 我最近一次讀小說時，覺得自己清楚「看到」其中一個角色。那是一名上流社會貴婦，「兩隻眼睛分得很開」。後來我審視自己的想像，發現我想的其實是同事的臉，加上祖母某個年事已高的朋友的身體。仔細看，那個畫面不是讓人很舒服。

我請大家選一本自己最喜歡的書，然後描述書中關鍵人物的外貌。通常他們告訴我的答案，會是這個主角如何在空間中移動（小說裡發生的事，大多是一連串的動作）。

某位讀者選了威廉・福克納（William Faulkner）的小說《癡人狂喧》（*The Sound and the Fury*），他描述書中的班傑・康普森（Benjy Compson）：「步履蹣跚，手腳不協調……」

但他究竟**長**什麼樣子？

***

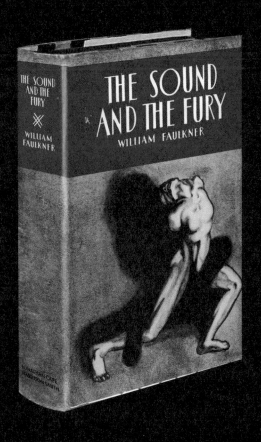

譯註：福克納《癡人狂喧》小說封面。

文學人物的臉模糊不清。他們的五官只會被略微提及,而且就算提到,也幾乎不重要——應該說,五官只有在定義角色代表的「意義」時才重要。描述角色是一種限定範圍的作法,五官幫助界定角色——然而這樣的五官,無法幫我們實實在在想像出一個人。*

***

文本沒有解釋的東西,正好召喚我們的想像力。因此我問自己:當作者省略或避免說出太多東西時,我們是不是最能發揮生動的想像力?

(在音樂的世界,概念由音符與和弦定義,然而休止符也同樣具有意義。)

* 還是完整的外貌對定義一個人來說並不重要?

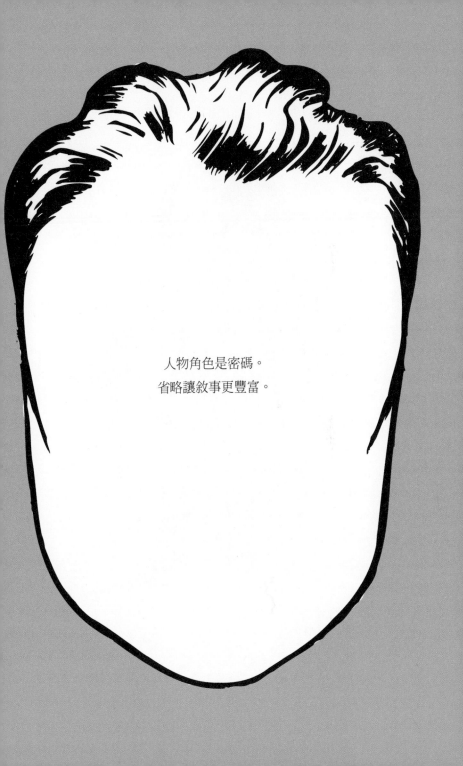

人物角色是密碼。
省略讓敘事更豐富。

作家亨利‧詹姆斯（Henry James）有部小說叫《未成熟的少年時代》（*The Awkward Age*）。文學批評家威廉‧蓋斯（William Gass）談到書中的凱西摩先生（Mr. Cashmore）：

> 我們可以任意添加對凱西摩先生的描述，加多少句子都行……現在的問題是：凱西摩先生是什麼？我可以給你幾個答案：凱西摩先生是：（一）噪音；（二）一個專有名詞；（三）複雜的思想體系；（四）控制他人看法的觀點；（五）文字系統的表現工具；（六）假裝成現實的指稱模式；（七）文字力量的來源。

我們也可以這樣評論所有的文學角色，例如同樣出現在《未成熟的少年時代》的娜達（Nanda），以及安娜‧卡列尼娜。當然，安娜飛蛾撲火般受到軍官佛倫斯基（Vronsky）吸引這一點（並且因而感到被已婚身分困住），難道不比她本人的外表重要，例如「豐腴的身材」？

在塑造出來的虛構世界中，小說人物如何應對身邊所有的人事物、他們的一舉一動，才是最重要的事（「步履蹣跚，手腳不協調……」）。

雖然我們以爲自己看得到文學人物，但他們其實比較像是一套決定了某個特定結果的原則。一個角色的外貌特質或許只是點綴，但其五官可能暗示了他們代表的意義。

（英文中的「知道」〔譯註：see，也有『看到』的意思〕和「理解」〔understanding〕有什麼不同？）

(A•K•V•M)⊃ [(a∪v) ⊢ T]

A = 安娜年輕貌美（有著「纖纖玉手」；身材豐腴，體態誘人；肌膚白裡透紅；擁有烏黑濃密的捲髮……等等。）

K = 老公卡列寧（Karenin）又老又醜。

V = 佛倫斯基年輕英俊。

M = 道德與風俗習慣：譴責十九世紀俄羅斯的（女性）外遇事件。

T = 安娜被火車（train）撞死。

"a"、"k" & "v" = 安娜、卡列寧、佛倫斯基

以卡列寧的耳朵為例……

（卡列寧是安娜戴綠帽的先生。）

他的耳朵是大是小？

> 到了彼得堡（Petersburg），火車一停、她下車後，第一個吸
> 引她目光的就是她先生。她心想：「我的天啊！為什麼他的耳
> 朵會長那樣？」她看著他冷淡又令人望而生畏的外表，突然
> 發現他的耳朵很刺眼。那雙耳朵似乎整個凸出來，頂著圓形帽
> 簷……

卡列寧的耳朵，隨著他被妻子討厭的程度與日遽增而變大。從
這個角度來看，那雙耳朵完全沒告訴我們卡列寧長什麼樣子。
我們得知的訊息，通通是安娜的感受。

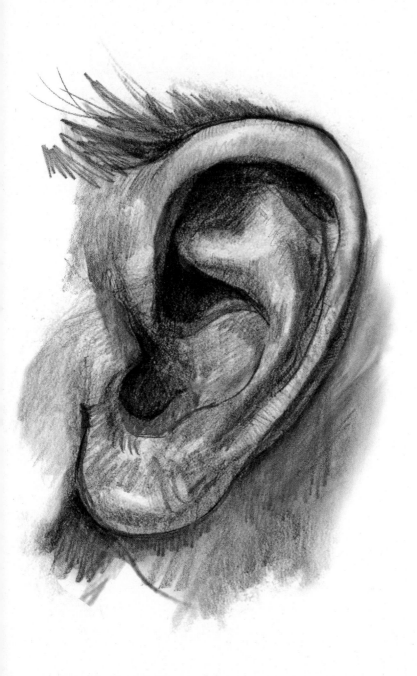

「你可以叫我⋯⋯」

……以實瑪利。」（譯註：《白鯨記》多採第一人稱敘事，小說開頭的「你可以叫我以實瑪利」爲文學史上著名開場白。）

你讀美國小說家赫爾曼‧梅爾維爾（Herman Melville）《白鯨記》（*Moby Dick*）的第一句話時，發生什麼事？

有人在對你說話，但那是誰？在你想像說話者的樣貌之前，你大概「聽到」了那句話（你心中的耳朵聽到）。我清楚聽到以實瑪利的話，但我看不清他的臉。（聽覺運用的神經傳導過程不同於視覺與嗅覺。我會說我們閱讀時，我們**聽到**的東西比看到的東西多。）

如果你的確召喚出以實瑪利的影像，你的腦中出現什麼？某個在海上討生活的男子？（這是一個畫面，還是某種類型的人？）你是否看到在約翰‧休斯頓（John Huston）執導的改編電影中，飾演以實瑪利的演員理查‧貝斯哈特（Richard Basehart）？

譯註：貝斯哈特《白鯨記》劇照。

（如果你喜歡一本書，必須**極度小心謹慎地**思考，再決定是否要看改編的電影版，因爲電影的選角很可能變成你心中的那個角色。這是**非常非常危險的一件事**。）

＊＊＊

在你心中，以實瑪利的頭髮是什麼顏色？捲髮還是直髮？他比你高嗎？如果你並未清楚描繪出他的樣貌，你是否在心中暫時記下一筆，預留一個空白，標上：「這是故事主人翁、敘事者——第一人稱」？或許這樣就夠了。以實瑪利也許讓你感受到些什麼——但這和看見他不一樣。

或許在作者梅爾維爾心中，他替以實瑪利設想好一個明確的樣貌。或許以實瑪利看起來就像梅爾維爾當水手時在海上認識的人。然而梅爾維爾心中的影像，不是我們心中的影像。不論以實瑪利被描寫得多詳細，或是多模糊（雖然我讀過三遍《白鯨記》，我不記得梅爾維爾是否描寫了以實瑪利的外貌特徵），隨著書中情節的開展，以實瑪利在我們心中的樣子很可能一直改變。我們會不斷在心中重塑小說人物的樣貌：我們會加以修改，放棄原本的想像，然後建立新的圖像。出現新資訊時，也會不斷更新……

在你心中，以實瑪利的臉長什麼樣子，這可能要看當天心情而定。以實瑪利在這一章的樣子，可能和下一章不同，就像塔斯特戈（Tashtego）與斯塔布（Stubb）長得不一樣（譯註：塔斯特戈和斯塔布皆為《白鯨記》人物）。

塔斯特戈

魁魁格

達古

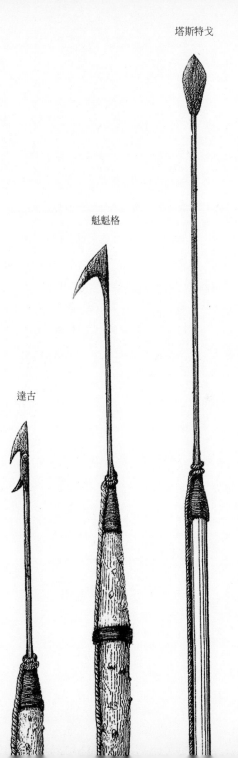

譯註：前頁及本頁提
到的人名皆為書中人
物。塔斯特戈為印第
安魚叉手，斯塔布為
白人二副。魁魁格與
達古亦為魚叉手，一
為部落人士，一為黑
人。

有時**一齣戲**會找數名演員扮演同一個角色。對戲院的觀眾來說，要把好幾個人當成同一個人，明顯讓人感到認知混亂。然而，我們讀完一本小說、回想書中人物時，就好像他們是由單一演員扮演。（敘事中「角色」的多重性被解讀爲心理複雜性）。

***

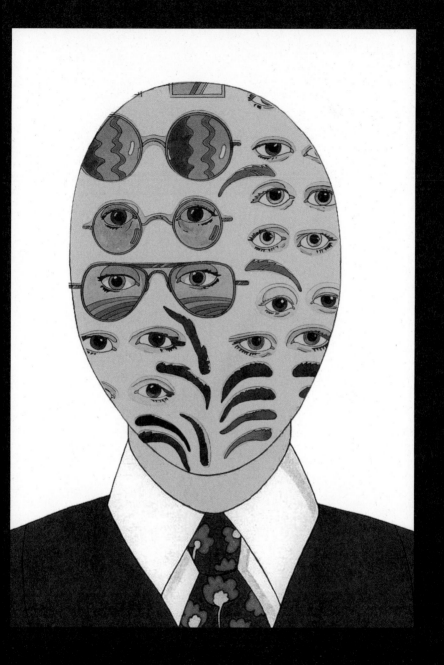

問大家一個問題：法國作家福樓拜（Flaubert）的小說《包法利夫人》（*Madame Bovary*）有個特殊的安排。主角愛瑪・包法利（Emma Bovary）的眼睛隨著故事的開展一路在變，從藍色、棕色，一直變到深黑……究竟是什麼顏色有差嗎？

似乎沒有。

＊＊＊

「小說家很可憐，他們描寫女性的眼睛時，選擇不多⋯⋯她的眼睛如果是藍色，代表這個人純潔又無辜。假如是黑色，那麼這個人情感豐富又內斂。如果是綠的，這個人任性又愛嫉妒。棕色眼睛，這是個可靠又通情達理的人。眼睛呈紫羅蘭色：那一定是推理小說家雷蒙・錢德勒（Raymond Chandler）寫的書。」

——英國作家朱利安・拔恩斯（Julian Barnes），
《福樓拜的鸚鵡》（*Flaubert's Parrot*）

再問一個問題：隨著小說情節一路開展，人物角色的心境發生變化時，你「眼中」的那個角色是否跟著變化（他們的外貌）？（我們一旦和某個真實世界的人相處久了，可能因為更加明白對方的為人，覺得他們愈來愈好看——這並不是因為我們進一步觀察他們的外表，好感度隨之增加。）

小說人物登場後，他們就已經完整了嗎？或許他們一開始就是完整的，但順序被打散，就像拼圖一樣。

＊＊＊

《燈塔行》是一本高明的小說，擅長近距離描述感官與心理歷程。這本書的主要素材不是人物，不是地點，不是情節，而是感覺。

小說開頭寫著：

「『好啊，當然可以，只要明天天氣不錯的話。』雷姆塞夫人說。」

我是在無所依據的情況下，想像這些話在耳邊響起。雷姆塞夫人是誰？她人在哪？她在和某個人說話。空白之中，有兩個沒有臉的人——他們尚未成型。

我們接著讀下去，雷姆塞夫人變成一幅拼貼畫，一塊塊地組合起來，就像她兒子詹姆士的剪貼簿一樣。

***

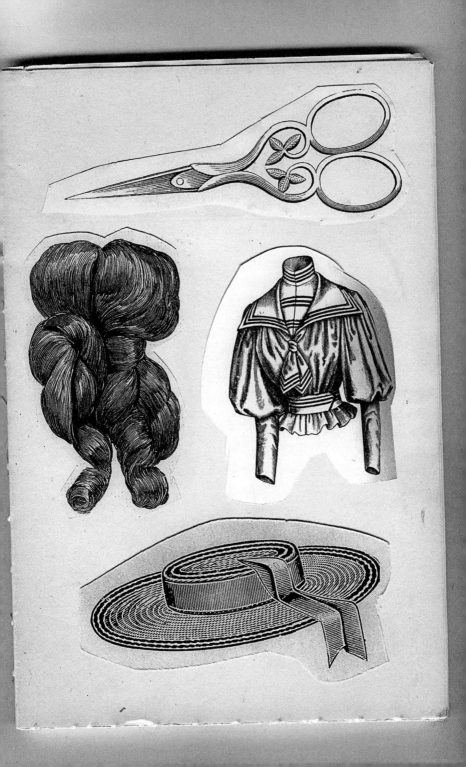

小說告訴我們，雷姆塞夫人正在對兒子說話。或許她是個七十歲的人──她兒子五十歲？不對，我們得知兒子只有六歲，於是我們重新想像了一下。接著我們獲得更多資訊，把腦海裡的景象又改了一下。如果小說是線性進行，我們知道要把想像延後，然而我們沒有等待，我們一開始就在想像，從打開書本第一頁就開始了。

我們**回想**閱讀書籍的過程時，並不記得自己一直在做這種微幅的調整。

回到先前說的：我們只記得，閱讀的時候好像在看電影一樣⋯⋯

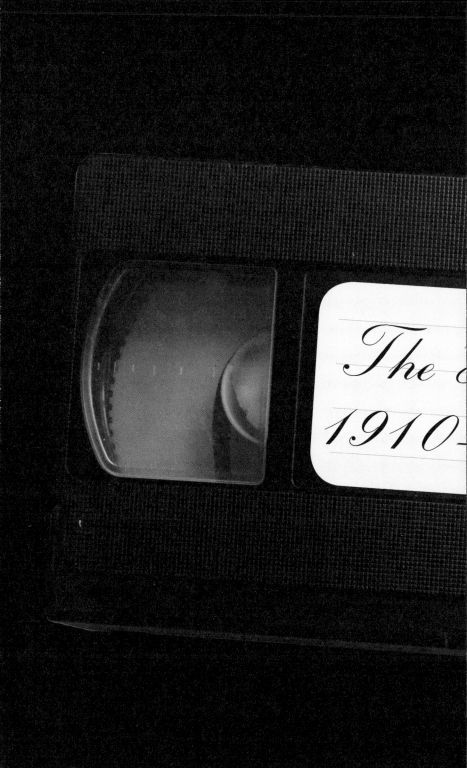

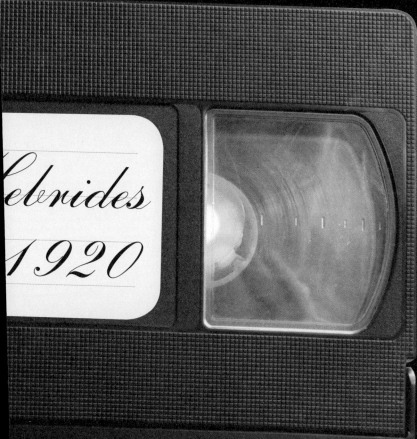

開場白

閱讀的時候，我會離開現象的世界，觀照自己的內心。這聽起來很矛盾：我手上拿著書、要進入那本書的世界時，我是在往外看，但書就像一面鏡子，透過它，我又覺得自己往內**看**。（鏡子比喻閱讀，我還可以想出其他類比，例如我可以想像，閱讀就像躲進自己眼睛後方的寧靜修道院——那是一個敞開的中庭，四周被迴廊圍住，有一座噴泉、一棵樹，是一個可以沉思的場所。然而這並不是我閱讀時看到的東西。我沒看到修道院，也沒看到鏡子。我在閱讀時，沒看到閱讀這個行為本身，也沒看到閱讀這個行為的類比物。）

閱讀時，我退出現象的世界。我的退出發生在一瞬間，神不知鬼不覺。我眼前的世界，以及我「內心」的世界，兩個世界不只相鄰還交疊——兩者重疊在一起。書本感覺像是這兩個世界的交叉點或是一個渠道、一座橋，是兩個世界之間的通道。

我閉上眼睛時，我看到的東西（我內眼瞼的北極光），以及我想像的東西（例如安娜‧卡列尼娜的影像），我隨心所欲在兩者之間切換。閱讀就像是閉上眼睛的世界——發生在某種形式的眼皮後方。一本打開的書就像是一道簾子——它的封面和書頁擋住外在世界不斷出現的干擾，激發我們的想像。

《燈塔行》和《白鯨記》的小說開頭讓讀者摸不著頭緒——此時我們尚未得到充足的資訊，無法解讀書中的敘事與意象。

然而，我們很習慣這樣的天外飛來一筆，所有的書都始於不知道發生什麼事、弄不清楚東西南北之中。

你第一次打開一本書時，你進入中介的空間。你不處於你拿著書（例如**本書**）的這個世界，也不處於那個世界（文字所指向的形而上空間）。某種程度來說，這樣的多次元空間說明了一般的閱讀感受——你……

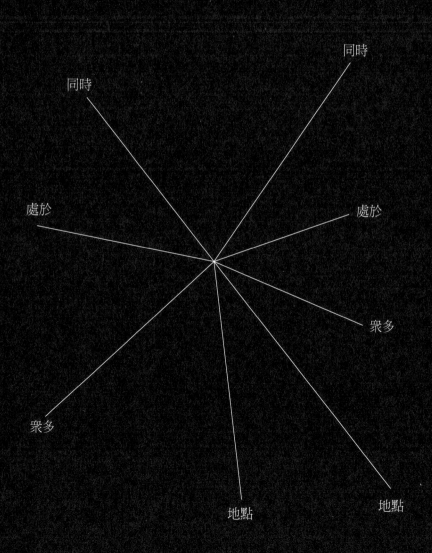

作家卡爾維諾（Calvino）描寫過這樣的中介空間……

這本小說始於某個火車站，火車頭正在鳴笛，活塞冒出的蒸汽，
蓋住章節的開頭，第一段的文字若隱若現籠罩在煙霧之中。

If on a winter's night a traveler

譯註：本圖文字以及前一頁引用的話，為卡爾維諾的《如果在冬夜，一個旅人》（*If on a Winter's Night a Traveler*）小說開頭。

The novel begins in a railway station, a locomotive huffs, steam from a piston covers the opening of the chapter, a cloud of smoke hides part of the first paragraph. In the odor of the station there is a passing whiff of station café odor. There is someone looking through the befogged glass, he opens the glass door of the bar, everything is misty, inside, too, as if seen by nearsighted eyes, or eyes irritated by coal dust. The pages of the book are clouded like the windows of an old train, the cloud of smoke rests on the sentences. It is a rainy evening; the man enters the bar; he unbuttons his damp overcoat; a cloud of steam enfolds him; a whistle dies away along tracks that are glistening with rain, as far as the eye can see.

A whistling sound, like a locomotive's, and a cloud of steam rise from the coffee machine that the old counterman puts under pressure, as if he were sending up a signal, or at least so it seems from the series of sentences in the second paragraph, in which the players at the table close their cards against their chests and turn toward the newcomer with a triple twist of their necks,

《荒涼山莊》也發生

LONDON. . . . As much mud in the streets as if the waters h
derful to meet a Megalosaurus, forty feet long or so, waddling
chimney-pots, making a soft black drizzle, with flakes of soo
imagine, for the death of the sun. Dogs, undistinguishable in
gers, jostling one another's umbrellas in a general
thousands of other foot passengers have been
the crust upon crust of mud, sticking at those

Fog everywhere. Fog up the river, where
tiers of shipping and the waterside pollution
creeping into the cabooses of collier-brigs;
gunwales of barges and small boats. Fog in
wards; fog in the stem and bowl of the
and fingers of his shivering little
fog, with fog all round them,

Gas looming through the
bandman and plough
unwilling look

The raw afternoon
appropriate ornament
Hall, at the very heart of

譯註：小說《荒涼山莊》開場文字。

64

《荒涼山莊》（*Bleak House*）的開頭發生在一陣迷霧之中──這種霧是作者狄更斯（Dickens）所塑造的世界的必要元素。

這陣迷霧也指稱（reference）倫敦「真正」的霧。

同時暗喻英格蘭的大法官體系。

我剛剛用了同樣一片霧當視覺隱喻，暗指一般書籍的開頭。

對我來說，這些霧之中，唯一完全不可解的是小說中「霧」的視覺效果。

時 間

我曾對著女兒朗讀一本書，念出下面這段內容：

「接著他聽到一聲尖叫……聲音來自附近……」

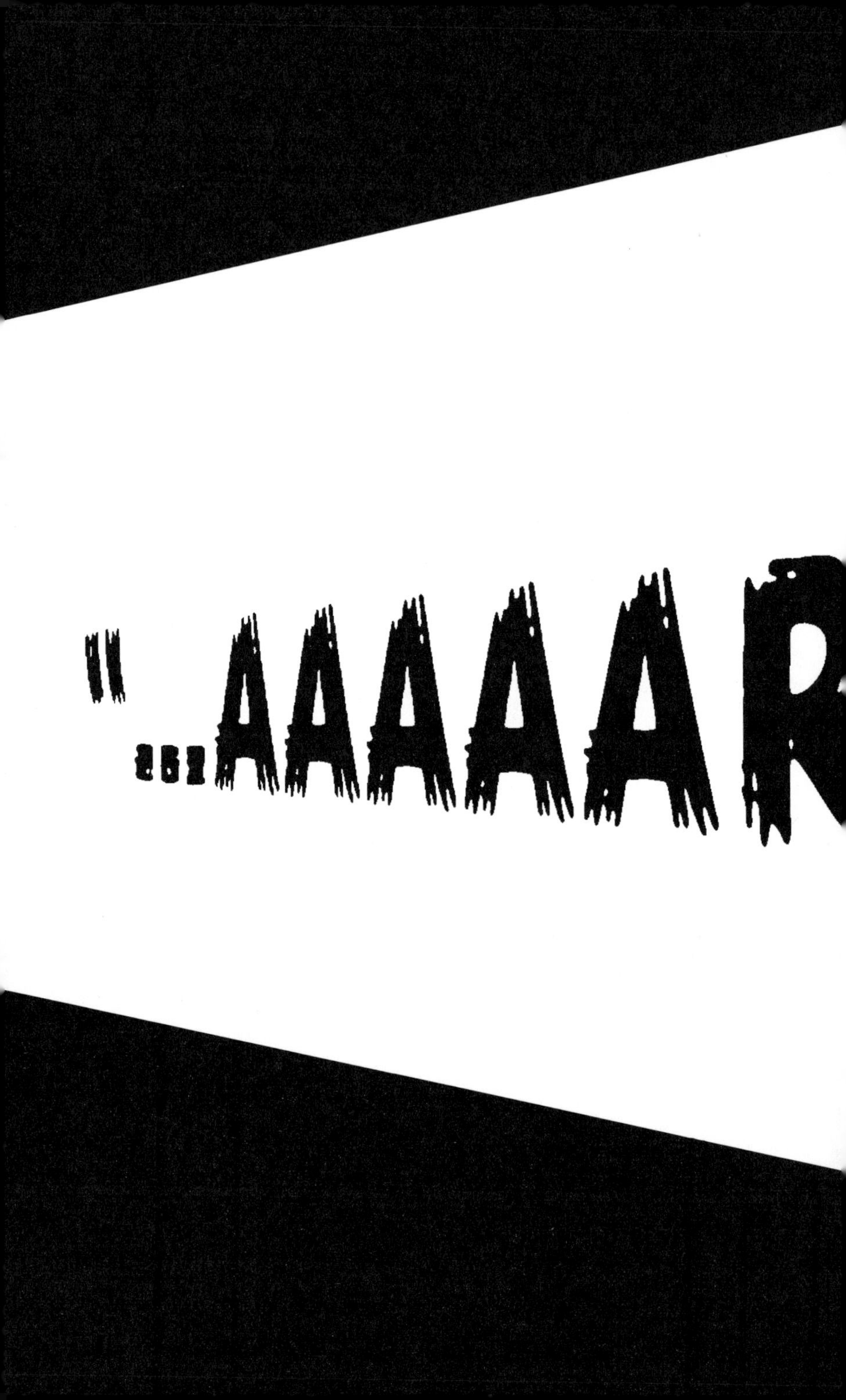
"...AAAAAR

（「⋯⋯啊啊啊啊！」）

我在女兒面前念出「啊……」的尖叫聲時，聲音平板，沒有起伏──原因不是我不會演戲（雖然我的確不會），而是我還不知道尖叫的人是誰。等翻到下一頁，知道那個人的身分之後，女兒要我重讀之前那一段──這次我依據角色的身分，發出高亢的少女尖叫……

我們想像故事人物的過程就像這樣。我們先把他們假想成一種樣子──然後糟糕，五十頁之後，我們發現在某些關鍵點，他們和我們暫時想像的樣子很不同，於是重新調整想像。

***

詹姆斯・喬伊斯
（James Joyce）的
小說《尤利西斯》
（*Ulysses*）開頭長
這樣：

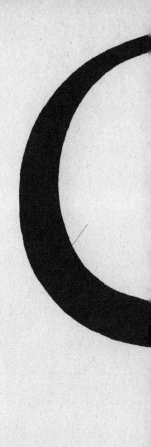

TATELY, PLUMP

Buck Mulligan came from the stairhead,
lather on which a mirror and a razor la
dressing-gown, ungirdled, was sustained ge
mildly in the mild air. He held the bowl a
—*Introibo ad altare De*
Halted, he peered down the dark wind
up coarsely:
—Come up, Kinch. Come up, you fearf
Solemnly he came forward and mounte
He faced about and blessed gravely thric
sounding country and the waking moun
sight of Stephen Dedalus he bent tow
rapid crosses in the air, gurgling in his th
head. Stephen Dedalus, displeased and sl
on the staircase and looked
gurgling face that blessed him, equine in
light untonsured hair grained and hued
Buck Mulligan peeped an instant und
covered the bowl smartly.
—Back to barracks, he said sternly.
He added in a preacher's tone:
—For this, O dearly beloved, is the genu
and body and blood and ouns. Slow mu
eyes gravely. Shut your little ion
corpuscles. Silence, a
He peered sideways up and gave a lo
then paused awhile in mute attention,
glistening and rounded with gold poi
strong shrill whistles answered through
—Thanks, old chap, he cried briskly.
Switch off the current, will you?
He skipped off the gunrest and looked
gathering about his legs the loose folds
shadowed face and the sullen oval jowl rec
of arts in the middle ages. A pleasant
his lips.
—The mockery of it, he said gaily.
ancient Greek.
He pointed his finger in friendly jes
parapet, laughing to himself. Stephen
lowed him wearily half-way and o
gunrest, watching him still as he prop

「儀表堂堂、結實豐滿的壯鹿馬利根⋯⋯」

壯鹿馬利根出場時，先是以一連串的形容詞出現在我們面前。他的形容詞先於他。

讀者初讀《尤利西斯》時，心中可能出現一連串靜止畫面；每一個畫面都和馬利根的描述有關，它們一個接著一個出現。

這些形容詞出現的步調並不一致；有的快，有的慢。

Stately

（儀表堂堂）

Plump

（結實豐滿）

BUCK

（壯鹿）

（馬利根）

譯註：此圖為同姓的爵士樂手傑利・馬利根（Gerry Mulligan）。

（ 或是馬利根 ）

譯註：此圖為同姓女演員凱莉・馬利根（Carey Mulligan）。

我們閱讀時聯想到的東西，透露出我們是什麼樣的人。書把我們內在的東西引了出來。

（我們腦中有各種奇奇怪怪的東西⋯⋯）

「馬利根」

「壯鹿」

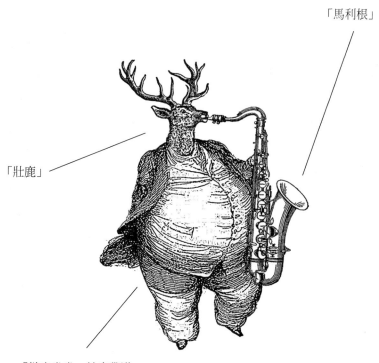

「儀表堂堂、結實豐滿」

之後，書中內容可能取代我們原有的聯想，換成其他東西。

然而（當然），我們閱讀時，領略文字的方式並非……

次

字。

我們閱讀時，一次看進一堆字，像灌水一樣一口吞下。

***

譯註：《尤利西斯》馬利根出場文字組成的圓圈。

上下文很重要。一個字究竟是什麼意思，要看它前後左右的字是什麼。這樣說起來，文字其實有如音符，想像一下只有一個音符的時候……

這樣一個音符，就像是沒有上下文的單一字詞。你可能覺得這個單音就像噪音一樣（特別是這個音是汽車喇叭一類的東西發出來的）──也就是說缺乏意義。

如果加上另一個音符，這下子原本的音符有了上下文。我們會聽見和弦，儘管這可能是一個無心插柳的巧合。

大調　　　　　　　　　　小調

加上第三個音符後，意義被進一步縮窄範圍。上下文變了，音樂的氣氛也為之一變（譯註：大調一般聽起來較為快樂，小調較為憂傷）。文字也是一樣。

90

上下文——不只是語義的上下文，還有敘事的上下文——只有在
讀者不斷深入文本之後，才會累積出上下文。

Stately, plump Buck Mulligan came from the stairhead, bearing a bowl
of lather on which a mirror and a razor lay crossed. A yellow dressing-
gown, ungirdled, was sustained gently behind him on the mild morning
air. He held the bowl aloft and intoned:
—Introibo ad altare Dei.
Halted, he peered down the dark winding stairs and called up coarsely:
—Come up, Kinch! Come up, you fearful jesuit!
Solemnly he came forward and mounted the round gunrest. He faced
about and blessed gravely thrice the tower, the surrounding land and
the awaking mountains. Then, catching sight of Stephen Dedalus, he
bent towards him and made rapid crosses in the air, gurgling in his
throat and shaking his head. Stephen Dedalus, displeased and sleepy,
leaned his arms on the top of the staircase and looked coldly at the
shaking gurgling face that blessed him, equine in its length, and at the
light untonsured hair, grained and hued like pale oak.
Buck Mulligan peeped an instant under the mirror and then covered
the bowl smartly.
—Back to barracks! he said sternly.
He added in a preacher's tone:

譯註：以上文字為《尤利西斯》的開頭：「儀表堂堂、結實豐滿的壯鹿馬利根……」

"WELL, NOW WE WILL FINISH TALKING AND GO TO HIS FUNERAL DINNER. DON'T BE PUT OUT AT OUR EATING PANCAKES — IT'S A VERY OLD CUSTOM AND THERE'S SOMETHING NICE IN THAT!" LAUGHED ALYOSHA.

"WELL, LET US GO! AND NOW WE GO HAND IN HAND."

"AND ALWAYS SO, ALL OUR LIVES HAND IN HAND! HURRAH FOR KARAMAZOV!" KOLYA CRIED ONCE MORE RAPTUROUSLY, AND ONCE MORE THE BOYS TOOK UP HIS EXCLAMATION: "HURRAH FOR KARAMAZOV!"

FIN

雖然我們對於敘事的理解，會隨著故事情節的開展更進一步，我發現一本書的閱讀進入尾聲時，我動用想像力的程度並不會隨之增加。一本書的最後幾頁，不會充滿壯觀的大場面，而是言有盡而意無窮。

（我只是想再次強調「看到」和「理解」不一樣。）

***

←譯註：最上面的方框為小說《卡拉馬助夫兄弟們》（*The Brothers Karamazov*）的結尾段落。中間的「FIN」為「全文完」。

如果想弄懂一本書的文字，我們必須在讀到之前先思考——預期內容會說什麼。讀者就是靠這樣的辦法，處理線性書面語言的死胡同、跳躍、空白與跨行句。

我們不僅想像書本要我們看到的東西，還想像我們自覺接下來**被要求看到的東西**。如果小說人物拐了個彎，我們便預測轉角有些什麼（就算作者不肯透露）。

我們用很快的速度閱讀時，狼吞虎嚥，一下子把文字看過去，但是我們也可以選擇仔細體會內容，在舌尖上好好品嘗。

（我們閱讀的速度，是否影響想像力生動的程度？）

***

你有沒有漫步路肩的經驗，走過那條平常開車經過的路？用腳走的時候，許多坐車呼嘯而過時沒看到的細節會突然湧現。你發現一條路其實是兩條路——一條是行人走的路，一條是汽車行駛的路。兩條路之間的關係薄如紙，只有從地圖的角度是同一條路。它們帶來的體驗完全不同。

如果書本是道路，有些書讓人快速開過——沒有太多細節，有的話也單調乏味——但它們的文字敘述極為順暢，一下子開過去很舒服。有的書，如果把它們看成道路，則是拿來走的——路怎麼彎、怎麼拐不太重要，重要的是它們提供的景色。對我來說，最好的書是可以快速開過，但偶爾被迫停下，在路旁讚嘆。這種書可以一讀再讀（第一次經過時，可以快速開過，要多快就多快。但後面再讀的時候，我會悠閒散步，好好享受一番，找出先前錯過的事物）。

一種小說

另一種小說

有一天，我又念書給女兒聽。（我每天晚上都做這件事。）

我注意到自己翻到下一頁時，還在念前一頁的最後幾個字。

（我翻頁翻得太⋯⋯

……快。）

先前已經提過，我們的眼睛和大腦比我們的閱讀速度快。

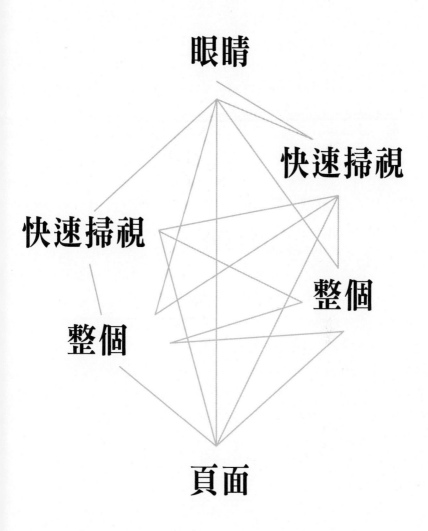

當我想像這一頁的某部分時，也從其他部分蒐集資訊。

作爲讀者，我們同時（一口氣）做以下的事：

一、讀一句話……

二、搶先閱讀後面好幾句話……

三、意識到剛讀過的句子內容。

四、想像下一句話發生什麼事。

「眼音距」（eye-voice span）是指我們閱讀時，眼睛在看的地方和（默）讀到的地方的距離。

前攝／滯留

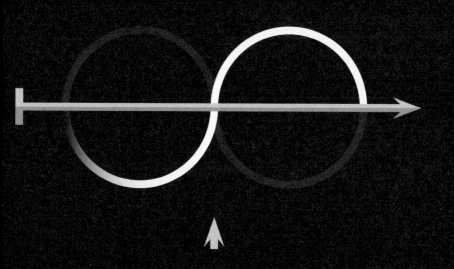

過去　　當下／現在　　未來

（現在　現在　現在）

閱讀並非體驗一連串的「現在如何如何」……

過去、現在與未來交織在每個有意識的時刻——以及閱讀時刻。每一段流動的時刻都是以下幾件事的混合：讀過的東西的記憶（過去）、感知到「現在」的體驗（現在），以及預期即將讀到的內容（未來）。

***

「我不會度過一連串一瞬間的當下，也不會保留當下的景象，將它們放在一起，連接成一條直線。每一個新時刻來臨時，先前的時刻將發生變化：我依舊擁有先前那個時刻，那個時刻還在那裡，但它已經沉到『現在』這條水平線的下方；為了留住先前的時刻，我的手必須伸過一層薄薄的時間。」——法國哲學家莫里斯‧梅洛龐蒂（Maurice Merleau-Ponty）

當時

當現時在

現在

小說人物不會**一次**展現在我們眼前；他們不會立刻具體地在想像裡現形。

在小說《尤利西斯》的開頭，喬伊斯筆下的壯鹿馬利根只是個小角色。隨著他與小說中其他人物的互動，他益發複雜。和都柏林大眾的往來過程中，壯鹿的其他面向逐一浮現，變成一個複雜的個體。

……他問室友史蒂芬（Stephen）。

（他是個白吃白喝的人。）

……他提到另一個不在場的室友海因斯（Haines）。

（他不忠於朋友。）

（以及其他解讀。）

如同所有文學人物的性格，壯鹿的性格在行動與互動中顯現出來。

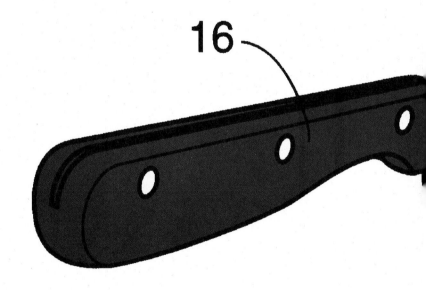

16

動作：希臘哲學家亞理斯多德（Aristotle）說過，動作「即」
自我（Self is an action）；我們透過瞭解一件事物的「目的」
（telos），得知它的本質。

在**切割**之中……一把刀成為一把刀。

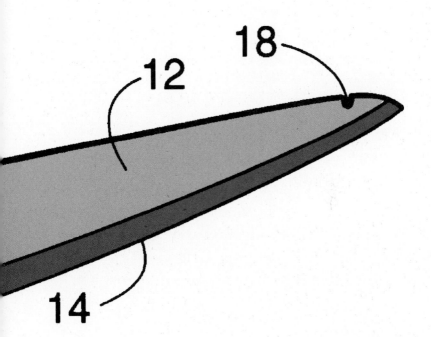

一位當演員的朋友告訴我，對他來說，塑造角色時，「副詞比形容詞重要」。我想他的意思是，（作者提供的）不足的角色細節（這是必然的），重要性不如那個角色「做些什麼」，以及他「怎麼做」。我的朋友接著又說：「反正劇作家不會提供許多形容詞。」

（我們想像「動作」的能力，是否勝過想像「事物」的能力？）

***

「我喜歡書裡有許多對話，我喜歡有人告訴我，說話的那個人長什麼樣子。我想從他講話的方式，找出他的樣子……從他講話的內容，找出他在想什麼。我喜歡有一點描述，但不要太多……」
　　——作家約翰‧史坦貝克（John Steinbeck），《甜蜜星期四》（Sweet Thursday）

114

動作如果沒有清楚的主詞與受詞，會長什麼樣子？

畫面可以完全由動作構成嗎？

這種可能性，就像只用動詞造句……

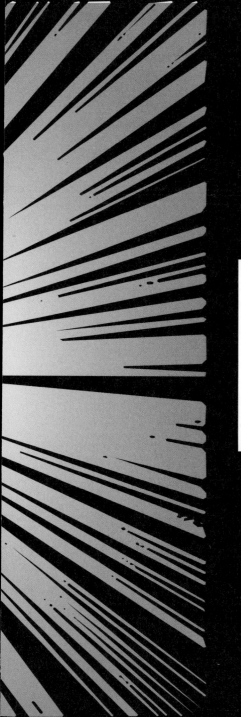

假如小說的第一句話只能放動詞，每部小說的開場白只剩下……

「中傷－逮捕。」（Slandered arrested.）──《審判》（*The Trial*）

「來－拿著－交叉。」（Came bearing crossed.）──《尤利西斯》

「看。」（See.）──《癡人狂喧》

「叫。」（Call.）──《白鯨記》

「是－是。」（"Are is."）──《安娜・卡列尼娜》

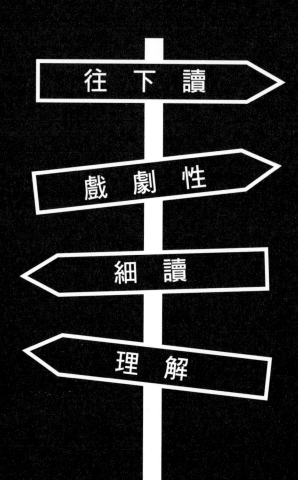

不久前我在讀一本書時，突然間驚醒——我嚇了一跳，尷尬極了，就像不小心開出車道的過勞司機。我發現我不知道**剛才讀到的內容**在講誰。

我剛才是不是讀得不夠仔細？

當故事進行到令人困惑的時刻——例如弄不清楚時空，或是文中出現不認識的角色；或者我們意識到某件事好像很關鍵，前面提過、但我們一無所知——此時我們進退兩難，是要回頭看已經翻面的段落，還要繼續讀下去？

（我們選擇要如何想像，也選擇要如何閱讀。）

發生這種事的時候，我們可能判斷自己漏掉了關鍵內容，錯過書中先前提過的事件或解釋，於是決定回到先前的頁面，試圖找出沒注意到的情節。

然而有的時候，最好先讀下去，把不知道的東西擱在一旁，之後再說。這可能是作者特意的安排，謎底才要慢慢揭曉，我們應該當個好讀者，耐心等候。也許我們的確不小心忽略了書中提過的關鍵資訊，但決定先讀下去，留在現在這個時刻，跟著故事情節走，不要中斷。此時，我們判斷，戲劇效果比資訊重要，特別是我們覺得那項資訊不重要的時候。

不管三七二十一，先往下讀很容易。

故事中的人物在無差異的空白空間裡移動；到處是沒有名字、沒有臉孔、沒有意義的角色，我們撐過看似無意義的次要情節，就像在看不懂的外語一樣⋯⋯我們繼續讀，一直讀到再次弄懂故事進行到何處為止。

我們沒看到任何東西，也能閱讀，就算不瞭解內容也讀得下去。在跟丟故事情節、匆匆讀過不懂的地方時，我們的想像發生了什麼事？我們閱讀句子，但不知道它們在指什麼的時候，我們的想像發生什麼事？

有時，我看不懂書中提到的東西（因爲我不小心漏看了一段），讀到這樣的句子時，我會覺得好像在讀「胡說八道」。那個句子句型正確，但語義上來說沒有意義，**感覺**起來有意義——一副有意義的樣子，而且文法結構讓我一路讀完，然後又接到下一個句子。不過老實講，我什麼都沒看懂（也沒有想像出任何東西）。

我們有多少的閱讀，發生在這種暫時不去管意義的情況下？我們花了多少時間閱讀似乎沒有意義的句子，弄不清它們指的是什麼？我們有多少閱讀發生在這種眞空狀態——不過是順著句子結構讀下去？

所有寫得好的書，基本上都是懸疑讀物（作者保留資訊，一點一點慢慢說出來。這就是爲什麼我們願意花工夫翻頁）。一本書可能**真的是**懸疑讀物，例如偵探小說《東方快車謀殺案》（*Murder on the Orient Express*）、凶手不明的《卡拉馬助夫兄弟們》；或者**就抽象的層面來說**算懸疑類讀物，例如追尋內心的《白鯨記》與《浮士德博士》（*Doctor Faustus*）；也可能純粹就結構來說是懸疑讀物——涉及特定時空的懸疑（chronotopic mystery），例如十九世紀的婚戀配對小說《愛瑪》（*Emma*）、講述多年在異鄉飄蕩的希臘史詩《奧德賽》（*The Odyssey*）。

犯人是皮普（Pip）的贊助人。

譯註：皮普爲狄更斯小說《孤星血淚》（*Great Expectations*）主角。

這類懸疑讀物為**敘事上的懸疑**——但是每本書也守著自己的**畫面祕密**……

***

「你可以叫我以實瑪利……」

這句話帶來的問題比解答多。我們希望以實瑪利的臉，會和阿嘉莎·克莉絲蒂偵探小說的凶手一樣：

（被揭露出來！）

有罪

有罪之人

小說作者告訴我們故事，還告訴我們如何閱讀這些故事。我會從小說中得到一套規則——包括閱讀的方法（建議我如何詮釋），以及看事情的方法。所有相關的原則帶我走過文本（有時在一本書結束後留了下來）。作者教我如何想像、**何時**該想像，以及該**讀得多深**。

***

我正在讀的一本偵探小說提到主角「陰沉、長相粗暴」。

「陰沉、長相粗暴」這項描述，是否讓我進一步得知這個小說人物的外表？作者設定這個畫面時，目的似乎不是讓讀者知道這個人的長相。她提供的不是肖像，而是另一種表意（signification）。

經典偵探小說的開頭會先介紹一個有範圍的地點，以及人數有限的登場人物（就像桌上遊戲一樣）。這些登場的人物，或多或少代表著某種典型人物，讓我們好記，方便我們動腦解謎。他們的名字會被重複提及，每個人的性格特色也會被一再強調。有經驗的偵探小說讀者知道，這樣的性格描述提示了誰有罪、誰沒罪。

鬍子可能是線索，甚至可能是動機。不過更重要的是，鬍子可能代表階級與目的——告訴讀者這個人物是小兵、城堡、主教，或是其他身分。

***

在「閱讀偵探小說」這個遊戲，規則是固定的——對於缺乏經驗的讀者來說，有時這些規則卻違反直覺。小說人物如果「陰沉、長相粗暴」、「陰鬱」、「渾身髒兮兮的」，或是「眼神飄忽不定」、「油嘴滑舌」，最後真相大白時，一定是無辜的——他們是典型用來誤導讀者的人物。有時候，作者可能缺乏寫作技巧，真的靠外表告訴讀者誰有罪。有時候，作者可能故意讓你以為他在誤導你，但其實沒有：眼神飄忽不定的陌生人**真的就是**凶手。這種時候，形容詞的作用是虛晃一招、聲東擊西。

***

（性格特色也是使用說明。）

***

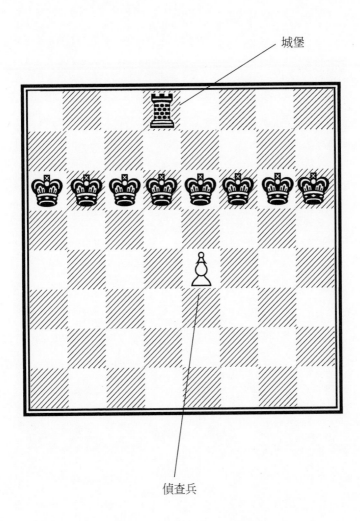

城堡

偵查兵

小說《簡愛》（*Jane Eyre*）中專橫的里德太太（Mrs. Reed）第一頁就登場，但一直要到第四十三頁，（她的長相）才被完整描述出來。我們終於讀到關於她的模樣時，她以這樣的面貌出現在我們眼前：

> 里德太太當時年約三十六、七，骨架壯碩，雙肩寬大，四肢有力。她個子不高，粗壯但不臃腫。下顎發達、結實，臉也就顯得大。額頭低，下巴寬又凸，嘴巴和鼻子還算勻稱。淺色眉毛下，無情的雙眼閃著冷光。皮膚又黑又粗，頭髮則接近亞麻色，身體非常健康……穿著一身好衣服，神態和舉止故意炫耀價值不菲的衣物。

作者夏綠蒂・勃朗特（Charlotte Brontë）為什麼等這麼久才描述這個關鍵人物？（在此之前，我們是如何想像這個人？）

里德太太一直到了第四十三頁才被描述出來，原因是故事主人翁一直要到那個劇情緊張的時刻，才第一次真正看到她。勃朗特試圖從簡愛的角度描述里德太太。里德太太是簡愛幼時的監護人，小簡愛被她虐待，關在家中，只有在里德太太盛怒時，簡愛才會偷偷看她幾眼。簡愛用緊閉的雙眼看里德太太——在她

畏畏縮縮的時候。因此對簡愛（以及我們）來說，里德太太一點一滴以令人害怕的形象登場：她「目光陰沉，令人畏懼」，體格壯碩，一次跨兩階樓梯。

當簡愛終於起而對抗壓迫者、正大光明看著對方時，她看到了——全部看到——也因此能夠打量對方的樣子。所以說描述（幾乎）不重要；重要的是**時間點**。

前文已經提過，大多數時候，讀者看到的是角色的動作。我們
看到的人物，就像追人時看到的東西，可能是群眾裡的一顆
頭，或是消失在轉角的身體。這裡一隻腳，那裡一截模糊的
腿……小說中這種散落各處的細節，就像我們在日常生活中瞭
解人事物的方式。

有時我碰到久仰大名的人，心裡會想：「你和我想像的完全不一樣！」

小說中的人物也讓我有這種感覺——如果我們在得知他們的樣貌**之前**，先知道他們做過的事。

（《簡愛》中的里德太太就讓我有這種感覺。）

＊＊＊

栩栩如生

文學批評家納博科夫（Vladimir Nabokov）的《文學講稿》
（*Lectures on Literature*）提到：「關於狄更斯〔《荒涼山
莊》〕的寫作風格，我們留意到的第一件事是強烈刺激感官的
意象……」

　　陽光穿透雲層時，深色海水出現銀色池塘……

納博科夫寫道：

　　讓我們在此暫停一下：我們能否想像那個畫面？當然能，而且
　　我們會很興奮，因爲相較於文學傳統中老套的藍色海洋，這些
　　深色海洋中的銀色池塘，提供了狄更斯的新鮮説法。他是眞正
　　的藝術家，以接受感官刺激的純眞雙眼看到東西，並立即化爲
　　文字。

＊＊＊

狄更斯繼續寫道：

> 令人心安的光線立即映在牆上，克魯克（Krook）……以及跟著
> 腳邊的綠眼貓緩緩靠近。

納博科夫評論：

> 天下的貓都有綠眼睛——但是請留意這雙眼睛因為燭光變
> 得有多綠……

納博科夫似乎在說，景象的細節與背景愈明確，就愈具感染
力。

（我不確定是否真的如此。）

細節與背景會增添景象的意義，還能幫忙表現出更多東西，不
過就我個人經驗而言，那不會增添一幅景象**栩栩如生**的程度——
我的意思是，作者的關注、作者的觀察、作者描繪的世界，這
一切的一切，並不會幫助我「看」。它們幫助我瞭解——但不會
幫助我看。（至少我檢視自己對這類描述的反應後，發現我並
未因此更能想像作者的世界。）

我是一個讀者，燭光照亮的貓眼令我喜悅——它們被具體地描述出來。我之所以開心，不是因為自己**看到更栩栩如生的東西**。我開心，是因為我讚嘆作者仔細觀察這個世界。

我們很容易混淆這兩種感覺。

＊＊＊

狄更斯：

　　那人……拿到兩便士硬幣……往上一拋，手一抓，溜之大吉。

納博科夫：

　　這個動作，這個特定的動作，這個描述人物的「手一抓」，是很
　　小的一件事，但是這個人就永遠活在優秀讀者的心中。

不過，這個角色就此「活過來」嗎？還是只有他的手？

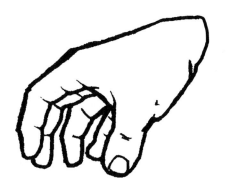

狄更斯讓人覺得真的發生了這回事，這種「煞有介事」的感覺來自精確的描述。

作家近距離觀察這個世界，記錄下自己的觀察。如果我們說一本書「觀察入微」，這是在讚美作家「作證」的能力。這種見證包含兩件事：第一，作者先觀察真實世界；第二，他接著將自己的觀察化為文字。文本愈是「觀察入微」，身為讀者的我們，就愈能體會那樣東西或那起事件（「看到」與「知道」再次是兩回事）。

作者的明確刻畫讓我這個人，也就是讀者，知道自己辦到兩件事：（一）我仔細審視過這個世界，所以注意到這樣的細節（**銀色池塘**，而且我記得那樣東西）；（二）我很敏銳，足以察覺作者苦心刻畫的深刻細節。我因為和作者心有靈犀而興奮，也因為自己很厲害而開心（這種感覺隱而不顯，但確實存在）。有沒有發現納博科夫在前一頁那段話提到了「優秀讀者」？

***

作者所「捕捉到」的事物抽取自真實世界。那起事件或那樣東西，原先處於不斷變動的狀態。作者可能留意到汪洋大海中的一片波浪（或「銀色池塘」），那樣東西被他寫下後，就凝結住了，脫離四周一模一樣的海水。這片波浪被挑選出來、以文字牢牢抓住之後，就停止變化，變成**靜止的**波浪。

我們透過狄更斯的**顯微鏡**，檢視他的「銀色池塘」。狄更斯抽出這件事，放在一個有限的範圍（就像載玻片上的溶液），然後放大給我們看。我們看到的東西，頂多是**被**顯微鏡的鏡頭扭曲過的東西。最糟的情況是，我們只看到顯微鏡的鏡頭（借用科學界的話來說：我們觀察到的不是事物本身，而是用來觀察那樣事物的工具）。

因此，我們讚美一段文字「觀察入微」時，我們是在讚美那段話讓人心有戚戚焉，還是在讚揚那段話的表現手法？

大概兩者皆有。

***

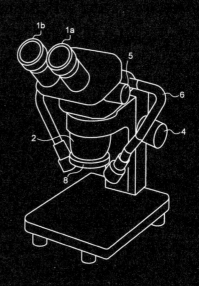

有的敘述較為複雜，讀的時候需要刻意專注，卻不一定比較生動。這類敘述可能解釋了更多東西，但不會增加「整體的感知」（gestalt）*——一幅同時發生的完整景象。

請讀一讀馬克‧吐溫（Mark Twain）這一段敘述：

> 河水望過去，第一眼看到的東西，只是毫無起伏的線條，那是河對岸的樹林——但也就是那樣了，什麼都沒有。接著你會看到天空上有一抹白，接著又有更多抹白，延伸出去，然後河水的顏色淡去，愈變愈淡，不再是黑色，而是灰色……有時你會聽見船槳的嘎吱聲，或是各種混雜聲響，但四周太安靜了，聽起來像來自遠方。沒多久，你看到河面上出現一條線，你知道那代表湍急流水中出現了障礙物，讓河看起來像那個樣子。接著，你看到霧氣從河面上升起，東方染成紅色，照亮水面，你看到森林旁有間木屋，在河水遠遠的對岸……

* 譯註：又譯「格式塔」或「完形」，相關理論強調經驗與行為的整體性，認為「整體」並非「部分」的總和，整體無法分割。

你看到以上全部的畫面嗎？我讀這段文字時，我看到毫無起伏的線條、一路延伸的蒼白天空，接著我聽見嘎吱聲，然後是其他聲音，接著又看到流水⋯⋯

作者描述人物與地點的外觀時，不論提供了多少細節，都不會增強讀者心中的畫面（不會讓那些畫面**聚焦**）；然而作者刻劃的細膩程度，的確會影響讀者得到何種閱讀體驗。換句話說，文學作品中一句又一句的描述，可能具有**修辭**的力量，但缺乏組合的力量。

我們覺得長篇幅的敘述會加總起來，形成另一幅景象。舉例來說，卡爾維諾的小說《看不見的城市》（*Invisible Cities*）以細節刻畫出詹諾比亞城（Zenobia），因此那個城市長這樣：

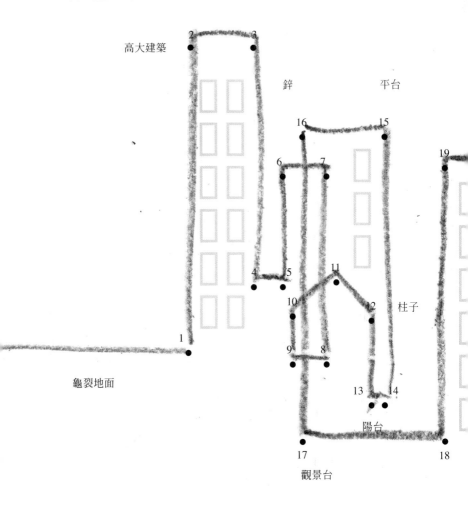

「對我來說，敘事的重點在於……事物的秩序……模式；對稱；周圍交織的景象……」
　　　　　　——卡爾維諾，《世界報》（*Le Monde*），一九七○年八月十五日

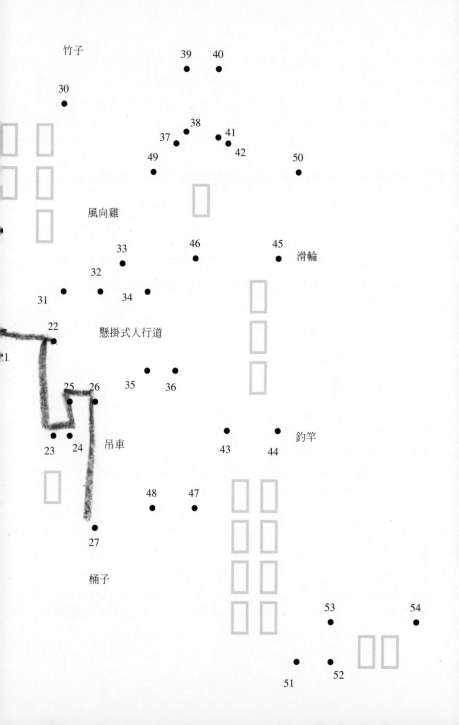

竹子

39 40

30

38
37 41
42
49 50

風向雞

33 46 45 滑輪

32
31 34

22
懸掛式人行道
21

25 26
35 36

23 24 吊車 43 44 釣竿

48 47

27

桶子

53 54

51 52

但是敘事不會累加。馬克・吐溫的「河上霧氣」並未延伸到「木屋」。等我讀到「木屋」這兩個字的時候，早已忘了霧氣的事。*

畫面會累積在一起，而且同時發生。

*阿根廷作家波赫士（Jorge Luis Borges）稱文學敘述中分散的元素爲disjecta membra，這是拉丁文，意思是「四散（或解體）的殘留物」，或是「碎裂的陶瓷片」。

Red

（紅色色票）

（如果我被告知椅子是紅的，然後椅子又被提到一次，我心裡
或許會想：「噢，那張紅色的椅子……」）

卡爾維諾的詹諾比亞城充滿了細節，他的克洛城（Chloe）則缺乏細節。此時，作者是在允許、甚至是引誘讀者想像。

1.

「肉欲的感受不斷被挑起……

此時我們感受到無聲勝有聲。

X

……最貞潔的城市……」

再舉一個《看不見的城市》的例子：

"Marco Polo describes a bridge, stone by stone. 'But which is the stone that supports the bridge?' Kublai Khan asks.

敍述很長時，我們可能沒看到每一個意象（或每一個字）……

'The bridge is not supported by one stone or another,' Marco Polo answers, 'but by the line of the arch that they form."'

（「馬可‧波羅一塊石頭接著一塊石頭描述一座橋。忽必烈問：「但究竟是哪一塊石頭支撐著那座橋？」馬可‧波羅回答：『橋不是由單一石頭支撐，而是由它們構成的弧線……』」）

……然而每一個字（或每一個意象），都可能是支撐文本的字（或意象）。

或許詳細的描述和豐富的描述一樣，具有誤導作用。詳細的描述似乎告訴我們某些有意義的具體事項（關於某個角色、某個場景、這個世界），然而揭露的愈多，帶來的樂趣就愈少。

More Colorful Equals Less Authentic

（愈繪聲繪影
等於
愈不真實）

美國作家吉爾伯特‧索倫蒂諾（Gilbert Sorrentino）不認同小說家約翰‧厄普代克（John Updike）《星期日組成的月份》（*A Month of Sundays*）的寫作手法：

> 如果目標是「栩栩如生」的寫作，似乎只要一直寫一直寫，怎樣
> 都行……作品時不時就被一連串密集意象帶來的重量，壓得變
> 形、散開。接二連三的比喻，蓋住它們理應暴露的現實，例如：
> 「……通訊與季刊湧進牧師的信箱口，就像尿液灑出母牛的外陰
> 部。」

索倫蒂諾告訴我們，這樣的寫作「炫技又無意義」。

信箱口與母牛外陰之間的關係令人大惑不解。我們之所以拿兩樣東西來對比，目的是幫助人們專心看，然而實際發生的事正好相反——我們只注意到兩個意象中較為驚世駭俗的一個（這個例子中則是較古怪的那個）。

相較之下，法國作家讓‧紀沃諾（Jean Giono）的文字則像這樣：「看看上方，獵戶座有如皇后蕾絲花（譯註：Queen Anne's lace，類似滿天星的花卉），是一把小星星花朵。」

我看見花，接著看見夜間星空開花的群星。那朵花本身並未出現在我心中的夜間星空，卻影響了群星的排列方式。*

（紀沃諾也可以寫成：「一小群白色星星。」但是這種描述的**開花方式**不太一樣。）

***

* 紀沃諾的星星對我來說，比厄普代克的信箱口清楚。或許那是因為紀沃諾想讓我看到他的星星；厄普代克則想讓我看到——什麼？他的寫作？紀沃諾的花和星星重量相等，兩個意象相輔相成。

157

表演

一旦我們開始讀一本書，就會掉進一種體驗。某種形式的表演開場了……

我們表演一本書──我們表演閱讀一本書。我們表演一本書，我們參加表演。

（身為讀者的我們，是指揮，是交響樂團，也是觀眾。）

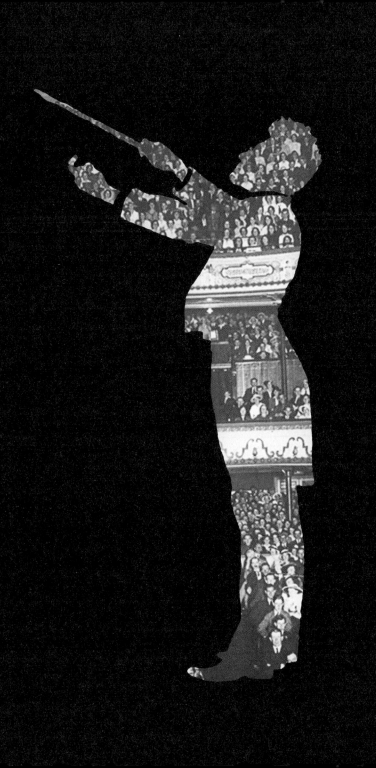

我們閱讀時，必須相信自己什麼都看到了⋯⋯

相較於欣賞鋼琴音樂，我彈鋼琴時聽不見自己的錯誤。我的腦子忙著想像，忙著讓表演完美，我聽不見樂器實際發出的聲音。從這個角度來說，彈鋼琴的表演成分讓我**聽**不到。

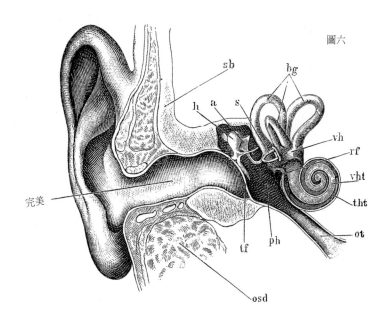

圖六

完美

sb
bg
h a s
vh
rf
vht
tht
ot
tf ph
osd

同樣的道理，我們閱讀時，我們想像自己看到了。

我們的閱讀斷斷續續……

如果我們是優秀讀者，似乎知道要在文本何處找到我們需要的
資訊。

雖然處理這樣的斷斷續續，一向是閱讀這門高深藝術不可或缺
的環節，但是當我們回想自己怎麼讀一本書，通常是含糊地帶
過這個部分。

To say fiction is linear is not to say we read in a straight line. "The frantic scan of the eyes" is how Proust describe ~~reading. There are jumps around. If you are a fast reader, and there's a reason for that, recognizing where, in a block of text, the information you're looking for lies, you should skip ahead by looking ahead. If you're looking for a particular scene, a character and their habitual attributes. You would need a home for all these things. (If we read this way, if we chase after the corporeal details, wouldn't we miss everything?)

***

譯註：第165-167頁的圖是第168頁原文文字塗塗改改後的結果。本頁圈起處：「如果我說小說是線性的，我的意思並不是我們以直線方式閱讀。」

***

譯註：「我們的眼睛跑來跑去。」

To say fiction is linear is not to say we read in a straight
line. "The frantic eye jumps around. If you are
a faster reader and therefore comfortable with the
information you hop backward and forward through the book
scanning. You could look up these things. You
could excise out the details, wouldn't we miss something?"

***

如果我說小說是線性的，我的意思並不是我們以直線方式閱讀。我們的眼睛會跳來跳去，就和我們的腦袋一樣。作家普魯斯特（Proust）說，閱讀是「眼睛在瘋狂飛奔」。我們的眼睛跑來跑去。如果你是個閱讀速度很快的人，擅長在一大段文字中找到自己要的資訊，你會快速在書裡往前跳、往後跳。如果只是大略讀過文字，你可以快速找到你要的角色，以及他們的容貌特徵。你讀書時可以「只」讀這些東西。然而，如果我們以這種方式閱讀，刪掉一切，只留下身體細節，難道不會**掛一漏萬**嗎？

＊＊＊

右圖：《齊瓦哥醫生》（*Dr. Zhivago*）

I

A non funeral.

The priest,
（神父）

A ten-year-old boy
（十歲大的男孩）

. His snub-nosed face   . His neck
stretched out.   （長著朝天鼻的臉）   （他的脖子伸出去）

A man in black,
（黑衣男子）

素描

當然，如同腦神經科學家奧立佛・薩克斯（Oliver Sacks）的著作《幻覺》（*Hallucinations*）提醒我們：「我們不是用眼睛看，而是用大腦看。」

但是我們的大腦，並未注意到我們的視覺器官不斷在震動、運作。

我們處理一塊塊不完整的草稿——我們拿著「閱讀」這張素描草圖，塗滿它，用線條畫出陰影，用色彩填充空間……

我們的大腦合成各式各樣的片段，光靠輪廓就畫出一張圖。（雖然這裡我用了視覺的隱喻來描述解讀語義的過程）。*

---

*「若要瞭解一個命題，最基本的一件事，就是思考所有相關的事，而不是概述那個命題。」 ——維根斯坦，《哲學探索》（*The Philosophical Investigations*）

The Metamorphosis

1

As GREGOR SAMSA awoke one morning from uneasy
dreams he found himself transformed in his bed into
gigantic insect. He was lying on his hard, as it wa
armor-plated, back and when he lifted his head a litt
he could see his dome-like brown belly divided into st
arched segments on top of which the bed quilt coul
hardly keep in position and was about to slide off com
pletely. His numerous legs, which were pitifully thi
compared to the rest of his bulk, waved helplessly befo
his eyes.

What has happened to me? he thought. It was n
dream. His room, a regular human bedroom, onl
rather too small, lay quiet between the four famili
walls. Above the table on which a collection of clo
samples was unpacked and spread out—Samsa was
commercial traveler—hung the picture which he ha
recently cut out of an illustrated magazine and put in
a pretty gilt frame. It showed a lady, with a fur cap

有的人閱讀時，**真的**會靠素描，弄清楚書中提到的人物或地點，把它們定型，抓住已知的外貌。納博科夫就是這樣（左頁是他畫卡夫卡《變形記》（*The Metamorphosis*）中變成蟲的主角葛雷戈・薩姆莎〔Gregor Samsa〕）。

＊＊＊

英國作家伊夫林・沃（Evelyn Waugh）是插畫家。愛倫・坡（Edgar Allen Poe）擅長畫肖像。德國小說家赫曼・赫塞（Herman Hesse）是技巧高超的畫家，瑞典作家斯特林堡（Strindberg）也是。勃朗特姐妹艾蜜莉（Emily）與夏綠蒂平日畫畫，其他會畫畫的作家還有歌德（Goethe）、杜思妥也夫斯基（Dostoevsky）、法國小說家喬治桑（George Sand）與雨果（Victor Hugo）、英國作家拉斯金（John Ruskin）、美國小說家多斯・帕索斯（Dos Passos）、英國詩人布萊克（William Blake）、俄國文學家普希金（Pushkin）……

英國作家吉卜林

愛倫・坡

西班牙文學家羅卡

法國詩人波特萊爾

杜思妥也夫斯基爲自己的小說《罪與罰》（*Crime and Punishment*）畫的素描

作者可能爲了消遣而作畫，但有時也把畫畫當成探索工具。將
人物或場景畫出來，能描繪出更好的文字（素描可以幫助作者
敘述角色，讓他有所依據，而不是心中模糊的想法）。

喬伊斯筆下的《尤利西斯》主角奧波德・布盧姆（Leopold Bloom）

那種圖是作者私底下畫的，只打算給自己看（等同於小說初稿）。

作者也可能隨手塗鴉。我知道喬伊斯畫過自己的小說人物布盧姆，但他不打算讓讀者見到這張圖。*

（喬伊斯的這幅塗鴉，不該拿來解讀他筆下的布盧姆，而且這張圖跟我心中的布盧姆長得一點都不像。喬伊斯畫的是誇張漫畫。）

整體而言，優秀作家的文字天賦和藝術成就，有著天壤之別。想在他們的文字與繪畫之間找到跨媒介的意義，將是徒勞無功。以小說家福克納爲例，他的文字與繪畫風格完全是兩回事。

＊不過，喬伊斯的確同意讓畫家馬蒂斯（Henri Matisse）替《尤利西斯》製作插畫。（馬蒂斯顯然從未讀過喬伊斯的書，畫出來的東西比較像是替《尤利西斯》根據的荷馬〔Homer〕史詩所畫的。）

（上圖：福克納的畫。我們無法從中得知任何事。）

卡夫卡似乎畫過自己的《審判》（*The Trial*）小說主角約瑟夫・K（Joseph K），或者是類似的人物（可能是卡夫卡本人？）：

捷克詩人古斯塔夫・亞努赫（Gustav Janouch）提過卡夫卡畫畫這件事：

我走向他，他放下鉛筆，紙上有著匆忙畫下的奇異人形。

「你畫畫？」

卡夫卡不好意思地笑了一下：「沒有，只是亂畫一通。」

「我可以看嗎？你知道的，我對繪畫有興趣。」

「可是這些畫我不打算給其他人看。完全是給自己看的，因此都是難解的象形文字。」

他拿起紙，用兩隻手緊緊捏成一團，扔進書桌旁的廢紙簍。

「我畫的人物空間比例不對，他們沒有自己的地平線。我試圖捕捉的遠景圖存在於紙張之外，以及鉛筆沒削尖的另一頭——它們在我心裡！」

以上卡夫卡評論自己素描的話，大多也可以拿來評論他的小說。我在想，卡夫卡日後請朋友馬克斯‧布洛德（Max Brod）毀掉自己的創作手稿時，是不是也給了類似的理由。他作品的地平線，也超出「紙」的範圍。我的意思不是卡夫卡的素描和寫作具有同樣的**重要性**，不過我在想，這些畫不也透露某個詮釋卡夫卡文字的方向。

***

有的作者會以自己創造的世界為主題作畫。有時，這種畫是配合文字的插畫（這類作者是作家兼插畫家），英國小說家威廉・薩克萊（William Thackeray）就是一例。下圖是薩克萊替自己的小說《浮華世界》（*Vanity Fair*）繪製的插圖：

本來就附了圖的小說和故事（有插畫的小說），幫讀者免去在心中建構畫面的責任。亨利·詹姆斯在《金色情挑》（*The Golden Bowl*）的前言寫道：

> 一切讓文字免於擔起自身責任的事物，放在我們眼前時，如果夠好、夠有趣，而且是圖畫，生動到本身足以說明一切，那就是最糟糕的說明……

***

我發現，當我閱讀附插圖的書時，心中想像的畫面會照著書上的圖片走，不過只有在看插圖的時候。過了一段時間（時間多長不一定，要看插圖出現的頻率），某張插圖在心中製造的畫面就會消失。*

---

*除非你看的是每一頁都有插圖的書。如果是這種書，那你逃脫不了別人的想像。（咳）

維根斯坦寫道（這次是在他的《哲學文法》〔*Philosophical Grammar*〕）：

「……我們有時的確會在心中看見記憶的圖像，不過它們通常散落在記憶的各角落，就像故事書的插圖。」

這幾句話聽起來有理，也可以拿來說明閱讀時的畫面想像，不過問題依舊：

我們在閱讀故事中「沒有插圖」的部分時，究竟「看」到了什麼？

技巧

評價一幅素描的方式，可能是這幅畫和主題有多接近，也可能是蘊含的想像力有多豐富。然而，素描的優劣主要看繪者的技巧。我們閱讀敘述時，心中構成的畫面（我們心中的素描）也是這樣嗎？是否有些讀者想像出來的東西比別人生動？還是所有人都具備同樣的閱讀想像能力？

我認為想像力就和視力一樣，是多數人具備的能力。不過可想而知，並不是所有看得到的人，視力都一樣好……

→譯註：右圖為 Anna Karenina〔安娜 ‧ 卡列尼娜〕幾個字母組成的視力檢查表。

1	20/200

A

2	20/100

N N

3	20/70

A K A

4	20/50

R E N I N

5	20/40

A A N N A K A

6	20/30

R E N I N A A N N

7	20/25

A K A R E N I N A A

8	20/20

N N A K A R E N I N A

有時，我們會說某些人：「**想像力可真豐富。**」我們說這句話的意思是：「他們真有**創意**！」更有甚者：「他們也太**瘋狂**了！」或是「他們太會**誤導**人了！」不論是哪一種情形，我們都是指某個人有辦法挑起某些東西。我們讚美「作者」的想像力時，我認為是在讚美他有能力**轉述**自己看到的東西。

（這並不代表這位作者的心靈比我們自由。或許正好相反：他的腦袋沒那麼瘋狂，所以比較能克制、馴服自己的想法，把它們關進頁面裡。）

是否只有在我們想像力貧乏的時刻，故事與人物才顯得粗略？

兒童看繪本，十一、二歲的孩子看有插圖、有章節的書，最終青少年漸漸閱讀只有文字、沒有任何圖畫的書。之所以會有這樣的過渡，原因在於我們是慢慢、分階段學會閱讀一種語言。

不過我在想，我們可能也需要逐漸學會不靠他人的幫助，來想像敘事。（此話意指想像力也能隨著時間逐漸增強。）

這麼說來，我們能練習想像嗎，就像練習畫畫一樣，讓自己的**想像力變得更豐富**？

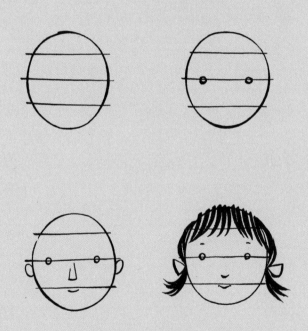

如果說讀者的想像力有高下之分，那麼不同文化的想像力是否也有差異？

想像能力是否會隨著文化的衰老而減弱？在沒有相片和電影的年代，人們的想像力是否更勝今日，比較栩栩如生？人類的記憶力會逐漸退化，我不曉得視覺創造力是否也是如此。我們時常討論文化充斥過度視覺刺激的問題，得出的結論讓人心驚。（有人說，我們的想像力正在死亡。）然而，不論今日人們的想像力相較於過去究竟如何，我們仍在閱讀。無所不在的影像，並未讓我們不再閱讀書面文字。我們閱讀，因為書本帶給我們獨特的樂趣；那是電影、電視等媒體提供不了的享受。

書本給了我們某種自由——閱讀時，心靈可以自由奔馳；我們全神貫注投入某種敘事的構成（或想像）。

或者，我們根本超越不了自己**粗枝大葉**的模糊想像。如果是這樣，那就是我們喜愛文字故事的重要理由。換句話說，有時我們不想看到**太多東西**。

「以前那個年代沒有『電影』，人們也很少上戲院。在無事可做的下午，如果是識字的人，可能會沉迷於小說《蘇格蘭酋長》的世界（*The Scottish Chiefs*，譯註：以英雄威廉·華勒斯〔William Wallace〕為主角，描寫蘇格蘭獨立運動的歷史小說）。我覺得，這種為了打發時間的閱讀美妙之處在於，你有時間想像一切。劇情進入高潮時，你宛如身歷其境。書本不必告訴你海倫·馬爾（Helen Mar）是絕世佳人，她只需要以令人無法拒絕的語氣說出：『我的華勒斯！』你就會知道，她是全蘇格蘭最美的女子⋯⋯」

——美國作家莫里斯·法蘭西斯·伊根（Maurice Francis Egan），

《愛書人的自白》（*Confessions Of A Book-Lover*）

共同創作

藝術史學者恩斯特·宮布利希（Ernst Gombrich）告訴我們，觀看藝術時，沒有「純眞之眼」（innocent eye）這種東西。藝術沒有天眞的意象接收這回事。我們是什麼樣的人，就會看到什麼樣的東西。閱讀也是一樣。我們和畫家、作家，甚至打電動的人一樣，會做出選擇——我們擁有「能動力」（譯註：agency，指能動者〔agent，人或其他個體〕在世界上做出動作的能力）。

我們若想共同創作，我們會閱讀。我們想參與，想擁有。我們寧可得到粗枝大葉的素描，也不要巨細靡遺的寫實——至少素描屬於我們。*

***

* 不過讀者依舊主張，他們想要「渾然忘我」地沉浸於故事之中……

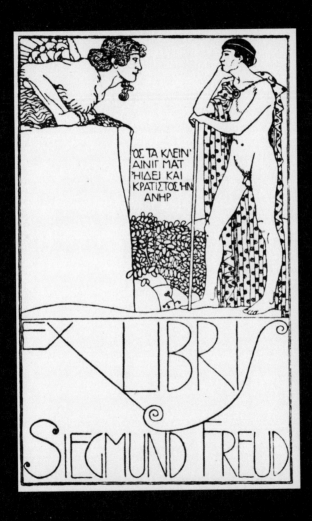

ΟΣ ΤΑ ΚΛΕΙΝ'
ΑΙΝΙΓ ΜΑΤ
'ΗΙΔΕΙ ΚΑΙ
ΚΡΑΤΙΣΤΟΣ ΗΝ
ΑΝΗΡ

EX LIBRIS

SIEGMUND FREUD

譯註：佛洛伊德（Siegmund Freud）圖書館藏書票。圖中人物為伊底帕斯
（Oedipus）與出謎題的斯芬克斯（Sphinx）；伊底帕斯成功解謎。

普魯斯特在談閱讀的書中（確切來說，是在他談作家拉斯金談閱讀的書中）提到：「的確，好書不一樣的地方就在這裡……或許對作者來說，『寫完了就是寫完了』，對讀者來說卻是『言有盡而意無窮』。」

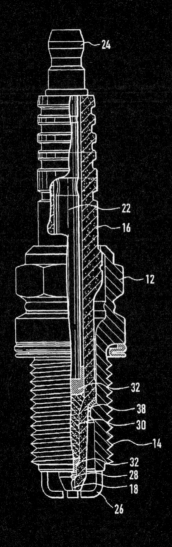

好書會引誘我們去想像——依據作者的提示填滿畫面。要是少了這個共同創作的舉動，少了個人化的閱讀，你只剩下……

◀─────────────────────────── 這是你的安娜

（這是某種形式的剝奪〔左圖〕。）

＊＊＊

我們想像書本內容時，我們想要的是其提供的多采多姿與千變萬化。有些東西我們不想要明擺在眼前。

卡夫卡曾經因爲害怕書封設計者試圖畫出他的「蟲」
（ungeziefer），寫信給《變形記》的出版社：

> 別那麼做，千萬別那麼做！那隻蟲本身無法被描繪出來，連遠
> 景圖都不行。

卡夫卡以不顧一切的語氣下禁令。他是否試圖維護讀者想像的
權利？卡夫卡的譯者告訴我，或許卡夫卡只想讓讀者**從內部**看
他的蟲——**由內而外**。

我的心中每天開出一朵花（二十萬冊紀念版）

原來只是為自己栽種的一朵花
多年來卻也累積成了一座眾人共賞的大花園

《我的心中每天開出一朵花》是幾米作品編號001的經典作品，也是第一本幾米設定好主題創作的專欄集結作品，出版之後非常受到讀者喜愛，自此開啟幾米作品短篇繪本的項目。以往，一本繪本的理所當然是一個完整的連續故事，像是《森林裡的祕密》、《向左走·向右走》。本書卻以同一個概念搭配許多不同主題主角相同的圖文，讓像是散文般敘事的創新繪本作品，贏得許多讀者喜愛。讀者後來可以看到小米、郝完美等可愛的角色，絕不能忘記《我的心中每天開出一朵花》所開創的短篇繪本創作形式。

在《我的心中每天開出一朵花》發行突破二十萬冊之際，幾米重新繪製了封面，也出了精裝版，彌補多年這本書只有平裝版的小缺憾。回看這些多年前的作品，發現內容仍舊和社會脈動連結得上，讓人有某種正在經手經典作品的欣慰感。而最有趣的是，仔細端詳幾米重新繪製的封面，像是看著一個功力更增十多年的創作者，去模仿當年的筆法以求作品內外調和，但又想展現這些年來自我精進的成果，非常令人讚嘆。

幾米說：「畫這本書當時，疾病的陰影仍然在我心中揮之不去，所以我就在創作中和自己對話，鼓勵自己，為自己打氣。也許是這樣，最後完成的作品帶著較濃厚的勵志色彩。創作最初的動機，只是想鼓舞自己，結果卻能讓別人也受到感動，這對我是很大的鼓勵。」這本書原來只是為自己栽種的一朵花，多年來卻也累積成了一座眾人共賞的大花園。現在，再以重新裝修的門面，歡迎你進入這座美麗的園地。

作者 幾米

1988年開始出版繪本，把原先童書領域的繪本延伸到普羅讀者群裡，開成人繪本創作之先，至今出版各式作品逾五十種。幾米多部作品被改編成音樂劇、電視劇及電影，《微笑的魚》改編動畫曾獲柏林影展獎項。幾米曾被Studio Voice雜誌選為「亞洲最有創意的五十五人」之一，亦為Discovery頻道選為「台灣人物誌」六位傑出人物之一。幾米作品得過多座金鼎獎，也獲得比利時維塞勒青少年文學獎，西班牙教育文化體育部主辦的出版獎之藝術類圖書年度首獎，瑞典彼得潘銀星獎，也入圍林格倫紀念獎，這是國際上最大的兒童及青少年文學獎項。

平裝定價350元 精裝定價450元

化學花園1：凋零

男性的生命大限是25歲，女性則跨不出20大關
世界正倒數計時，凋零的世界與逐漸枯萎的生命之花

如果你能預知自己確切的死亡時間，會採取什麼行動？

拜現代科技過度發展所賜，每位新生兒一呱呱墜地，就成了滴答作響的定時炸彈——男性只有二十五歲的壽命，女性最多活到二十歲就得與世長辭。在這麼渺無希望的光景下，為求人類族養不致滅絕，有錢人家綁架年輕女孩，強迫她們多女共侍一夫。

十六歲的萊茵‧艾勒里遭採花賊擄走，身不由己嫁作人婦，同時也一腳踏進豪奢與特權的世界。儘管丈夫林登對她的愛情真意切，她和姐妹妻之間也建立了聊甚於無的信任感，萊茵念茲在茲的卻只有一件事，那就是逃跑——尋找她的雙胞胎哥哥，和他一道回家。

可是要萊茵操心的，不只是失去自由這檔子事。林登那陰陽怪氣的爸爸下定決心要找到解藥，滅絕對他兒子步步近逼的基因病毒，就算要蒐集屍體作實驗也在所不惜。在此同時，萊茵對官邸一位名叫蓋布利歐的僕役漸生危險情愫，並在他的幫忙下，設法用她僅剩的有限時間掙脫囹圄。

作者 蘿倫‧戴斯特法諾（Lauren DeStefano）

出生於康乃迪克州紐哈芬市，旅行路線從未遠離東岸。她在艾爾貝圖斯－麥格努斯學院（Albertus Magnus College）拿到學士學位，主修英文，打從孩提時期即創作不綴。她初試啼聲的作品，包括在餐廳兒童餐的菜單背面揮毫，和盡情寫滿媽媽皮包裡的筆記本；第一份創作原稿是用紅筆在橫格黃紙上寫吃小朋友的鬼屋怪譚。

如今她已長大成人（多半時候算是成人），為青少年寫小說。她失敗的職涯抱負包括：全世界最爛的接待小姐、咖啡店員工、富同情心的收稅員，和英文家教老師。不寫作的時候，她會對任天堂DS鬼吼鬼叫、拿雷射筆嚇她養的貓、或搶救慈善二手店的寶貝，將它們重組為新的殺手裝。

定價280元

每天最重要的2小時

對抗分心有方法，打造完美工作環境
神經科學家教你的5種高效工作策略

Amazon.com商業理財／個人成長類百大暢銷書
《富比士》、《金融時報》、800-CEO-READ等財經
媒體專文報導

不論我們喜歡或討厭自己的工作，多數人每天的工作量已經達到難以負荷的程度。當工作多到難以招架時，即使是才幹令人望塵莫及、成就令人驚嘆的一流人才也會落入「效率陷阱」中：設法擠出更多時間工作，強迫自己長時間持續工作、不中斷休息，如果有部屬的話，也讓他們這麼做。本書作者喬許‧戴維斯博士曾任哥倫比亞大學心理學助理教授，現任紐約神經領導力研究院（NeuroLeadership Institute）研究總監暨首席教授，長年研究神經科學與心理學，文章散見《哈佛商業評論》、《策略與企業》（*strategy+business*）、《今日心理學》（*Psychology Today*）等商業與學術媒體。

戴維斯博士從長期的科學研究，以及自身與高效率且快樂的人共事或提供顧問的經驗所獲得的啟示是：人體不是電腦，我們的生理狀態對思考方式具有影響；想要真正擁有高生產力和創造力，最好拋開常見的效率迷思與工作模式，每天創造適當的狀態與條件，使心智有高效能表現，優先完成當日關鍵工作。

作者 喬許‧戴維斯博士 （Josh Davis, Ph.D.）

布朗大學機械工程學士、哥倫比亞大學心理學博士，曾任教於紐約大學、哥倫比亞大學巴納德學院（Barnard College），在巴納德學院心理系全職任教5年後轉任現職。現任神經領導力研究院（NeuroLeadership Institute）研究總監暨首席教授，指導該學院把基礎科學研究轉化為商業與領導用途的工作，推動新研究內容的各種策略。

定價260元

相對論百年故事

百年前由愛因斯坦一手建立的宇宙圖象與典範
百年後中文世界首部本土創作之相對論科普著作

一百年前,也就是1915年的11月25日,愛因斯坦發表「重力場方程式」,並進而完成了「廣義相對論」。這是迄今為止影響人類文明進程至為重大的科學突破,讓我們得以有系統地瞭解這個化育萬物的神祕宇宙。

黑洞、宇宙膨脹、重力波……這些深奧的宇宙故事,其實與我們的日常生活息息相關。沒有「廣義相對論」協助修正地面與太空中的時間流逝差異,GPS就不可能幫我們找到正確的目的地。科學,看似遙遠,其實很近。

適逢相對論百年紀念,中央研究院余海禮教授召集國內多位天文、物理學者,共同完成了《相對論百年故事》。本書係百年以來,中文世界首部本土創作之相對論科普著作,全書運用生動、簡易的敘事方式,搭配多幅精彩圖片,深入淺出地解釋複雜的科學概念,其中包括銀河中黑洞的生成與死亡、宇宙初開的故事,以及我們最終的命運等。藉由推動正確的科普知識來破解誤解與謬論,啟發我們對於科學的興趣與理性思維的能力。

作者 中華民國重力學會

學會的宗旨及任務,乃在推動各個相關的重力事業及研究。
編譯重力圖書及發行期刊,修訂重力名詞。
獎勵重力科學著述及發明,參加及舉辦國內外重力科學活動。
聯繫國際重力科學活動及國際重力學家。

定價300元

我們在閱讀時看到了什麼？

當代最具辨識度與思辯力的封面設計師帶來的閱讀之旅
閱讀就像躲進自己眼睛後方的寧靜修道院

《舊金山紀事報》（San Francisco Chronicle）、美國科克斯書評（Kirkus）年度最佳書籍

侯季然（導演）、陳夏民（逗點文創結社總編輯）、辜振豐（作家）、黃威融（雜誌編輯者）、楊佳嫻（作家、國立清華大學助理教授）、劉雪珍（輔仁大學進修部英文系主任）、鄭俊德（華人閱讀社群創辦人）、聶永真（設計師）聯合推薦（以上依姓氏筆劃排序）

由出版界最優秀的書封設計家兼狂熱愛書人，帶給世人這本獨具魅力的好書。書中的視覺與文字範例帶著讀者多方探討閱讀的現象學，讓人瞭解我們閱讀文學時如何想像畫面。

閱讀時我們看到什麼？俄國文學家托爾斯泰（Tolstoy）是否真的描述過安娜·卡列尼娜（Anna Karenina）的長相？美國小說家梅爾維爾（Herman Melville）是否真的告訴過我們《白鯨記》主角以實瑪利（Ishmael）的外表？書頁零碎出現的意象——一隻優雅的耳朵、一撮捲髮、一頂頭上的帽子——以及其他線索與意符（signifier），幫助我們想像出小說人物的畫面。然而事實上，覺得自己熟知某個文學角色，其實和我們能否具體描繪出自己喜歡（或討厭）的人物，沒有太大關聯。這本獨具匠心的非小說作品，結合了克諾夫出版社（Knopf）副藝術總監彼得·曼德森（Peter Mendelsund）的專業能力（得獎設計師）、他人生第一段事業（接受過古典訓練的鋼琴家），以及他最初的最愛（他熱愛文學，認為自己最重要的身分是讀者）。本書以出人意表的方式，探討我們如何理解閱讀這件事。

作者 彼得·曼德森（Peter Mendelsund）

克諾夫出版社（Alfred A. Knopf）副藝術總監，目前正重拾古典鋼琴。《華爾街日報》（The Wall Street Journal）讚美他設計出「經典、最好辨識的當代小說封面」。曼德森現居紐約。

定價450元

中共開國領袖淘寶祕聞

紅牆內的寶藏是怎樣煉成的,他們是如何成為大收藏家的
第一本揭露中共開國領袖、將帥、文膽的淘寶祕聞

1949年中共建國後,又歷經了文革抄家的整肅之風,歷朝歷代許多珍貴的文物在政治動盪中星散四處。然而,中共權貴一向有巧取豪奪的特權,國寶文物成了紅朝新貴爭相競逐的標的。

身為國家領導人,毛澤東可說是以史治國,他喜讀線裝書,雖然從不逛書店,卻有近十萬冊的藏書,《二十四史》、《資治通鑑》這兩部大書是他生平最愛;毛也喜歡詩詞書法,收藏歷代碑帖三千多冊,其中不乏珍稀拓本。晚年則偏愛王羲之、懷素的草書,曾臨摹研習各家之長,漸漸形成自己的風格。字是性格的寫照,他以自我為中心,隨心所欲、不拘一格的毛體書法和所御用的毛瓷,如今在拍賣會上已是天價。

本書首度披露中共開國領袖、將帥、文膽的文物收藏,作者以其歷史專業和藏家背景,將紅朝開國巨頭與鍾愛之文物織綴成書,追溯這些國寶文物背後的傳奇。元稹詩云:「寥落古行宮,宮花寂寞紅。白頭宮女在,閒坐說玄宗。」且看楊中美細說紅朝軼事,這些叱吒風雲的弄潮兒成為頂級大藏家的淘寶祕聞。

作者 楊中美

江蘇武進人。畢業於上海華東師範大學,後赴日留學,專攻中國近現代史與日中關係史,獲日本東京立教大學史學博士學位。現為美國美中比較政策研究所高級研究員、日本中日民間文物交流中心代表。

1989年至今出版了《胡耀邦評傳》、《習近平:站在歷史十字路口的中共新領導人》等,中共領導人傳記和重要事件著作近二十本,並授權出版中英日韓多種版本。現側重文物和文史方面的相關研究;2014年新著《黃金貨幣時代的新發現—三孔布新考》,首度披露其珍藏之古錢幣,以治史精神揭開千古之謎。

定價350元

精通蘇聯料理藝術

美食界的奧斯卡「詹姆斯‧比爾德獎」三屆得主作品
愁思是靈魂上隱隱的痛，這是我的「毒瑪德蓮」回憶錄

2013年《出版商周刊》(Publisher's Weekly) 最佳非小說、2013年《基督科學箴言報》(Christian Science Monitor) 最佳非小說、2014年「美食作家公會」(Guild Of Foodwriters) 年度最佳美食圖書

陳柔縉（作家）、須文蔚（作家、東華大學華文文學系教授兼任系主任）、楊佳嫻（作家）、蔡珠兒（作家）聯合推薦

玫瑰色的火腿、琥珀色的魚湯、像「商人女兒的肩膀」般豐腴的布林餅……如果你最鮮明的烹飪回憶裡，包含了你從未真正嚐過的食物，那會是什麼樣的情景？關於想像、關於公認的歷史的回憶，七十年的地理政治隔閡與匱乏，造成集體的狂熱渴望。

布連姆森爲著名的美食專欄作家，生長在蘇聯時期物資十分短缺的莫斯科。1974年她與母親以無國籍的難民身分移民至美國，沒有多季的大衣，也沒有回頭的權利。在費城最初的幾個月裡，布連姆森喪失了味覺。意識型態與鄉愁的角力拉扯、集體神話和個人反神話之間的失控衝突，布連姆森稱這症狀爲「毒瑪德蓮」。在這本回憶錄裡，她訴說著家族三代人的經歷。

然而，這些故事不僅是她的故事。對於這個昔日超級強權的每個分子來說，食物從來就不只是個人的問題，食物定義了俄國人承受當下、想望未來與連結自身過去的方式。透過食物的稜鏡，布連姆森重塑蘇聯歷史的每個十年世代──從1910年代的前傳到當今現世的後記。以母親的廚房作爲時光機與記憶的培養皿，藉著飲食和烹飪回顧一代又一代的蘇聯生活。

作者 安妮亞‧馮‧布連姆森 (Anya von Bremzen)

在莫斯科長大，外祖父是前共產黨資深情報主管，母親卻是反黨特權分子。1974年與母親移民美國，自茱莉亞音樂學院取得碩士學位，最後卻成了傑出的飲食作家。她曾三度榮獲「詹姆斯‧比爾德獎」(James Beard Award)，是《漫旅》(Travel+Leisure) 雜誌的特約編輯。也是《食物與酒》(Food & Wine) 和《美味》(Saveur) 雜誌的專欄作家，亦爲《紐約客》(The New Yorker)、《出發》(Departures)、《洛杉磯時報》(Los Angeles Times) 撰寫文章。她在雜誌上發表的作品曾多次獲選收入「年度飲食文集」(Best Food Writing)。安妮亞能流利使用四種語言，現居紐約皇后區，並在伊斯坦堡擁有一戶公寓。

定價480元

旅跑・日本

歐陽靖寫給大家的跑步旅遊書
你一定要去日本跑步,不只是一場賽事,而且讓你再活第二次

王麗雅 (黑珍珠名模)、江彥良 (江湖跑堂會長)、胡杰 (街頭路跑創辦人)、馬克媽媽 (親子插畫部落客)、張嘉哲 (奧運馬拉松國手)
熱血推薦 (以上依姓氏筆劃排序)

「跑過不同國家的賽事,享受當地美景美食。
但我一直相信『馬拉松場上最美的風景是人』,
沿途為跑者全力應援的加油民眾,
滿懷笑容真切地說:『您辛苦了!』的志工,
帶著感恩的心回頭向終點線鞠躬的跑者。
還有用盡全力通過終點線的那一刻,
原來那就是我人生中最完滿的一刻。」──歐陽靖

本書特色:

• 日本版馬拉松全紀錄:馬拉松賽事介紹,詳細說明基本資訊、路線、報名方式、氣候資訊。

• 我與我的馬拉松:不同城市的跑者故事,由作者採訪撰寫參與賽事的馬拉松跑者,分享過程中的熱血心得。

• 阿靖哥的馬拉松私房旅遊攻略:包括作者的場邊觀察,從賽事難易度、特色、景觀到個人小提點,還有此地周邊吃喝玩樂行程,從交通、住宿、吃玩逛買一網打盡。

• 特別收錄:「給準備赴日旅跑的跑者們」、「路跑賽事常見日語單字小辭典」及「你一定要弄懂的路跑名詞大解析」。

作者 歐陽靖 (Gin Oy)

出生於1983年台灣台北市。現在身份為職業作家、演員,也是馬拉松運動與旅遊愛好者。著作有《吃人的街》、《我們,都是末日殘存者》、《歐陽靖寫給女生的跑步書》、《旅跑・日本》。

人生中曾歷經長達6年的重度憂鬱症,後來因愛貓離世,決定改變人生,從2011年開始進入跑步的世界;也自詡為「跑步傳教士」,將跑步曾帶給自己的美好傳達出去。

定價350元

如果台灣的四周是海洋

我們要敢於和過去不同，敢於和對岸不同，敢於在險境中開創新的未來。二十年時間將決定我們是滅亡還是新生。

台灣明明在海洋之中，但是卻長期背向海洋；使得我們忘了面對海洋該有的冒險探索，而只固守小農耕作的保守心態；使得我們身處豐饒之中，卻看不清自己的資源，更體認不到自己的價值。

本書為出版人郝明義說明他看到台灣現在的位置、各種危險、其形成的原因。今天到了我們每個人都應該是大推理家，每個人都是NGO的時代。當個大推理家，我們應該對所有之前累積下來的謎題與難題，不是感到憤怒與恐懼，而是心存感激。

對應於恐懼，作者也看到了希望的所在。近年許多的年輕人，以難以計量的熱情，投入各種公民運動，親身實踐也呼朋引伴地改造自己的社會和環境，創造自己的未來。我們需要的是重新整頓自己的力量、調整我們的習慣、設計我們面對全球的策略、培育我們未來的人才。

作者並以「太陽花運動」作為案例，說明不論我們面對真實的海洋，或是面對觀念的海洋，都需要重新審視自己、四周、資源，才能在這個世界找到新的位置和機會。

作者 郝明義

1956年出生於韓國。1978年台大商學系國際貿易組畢業，次年開始進入出版業工作。歷任長橋出版社、《2001月刊》、《生產力月刊》、《時報新聞周刊》之特約翻譯、編輯、主編、總編輯等職。1988年任時報出版公司總經理，1996年離任。同年秋，創立大塊文化。1997年初接任臺灣商務印書館總經理兼總編輯，1999年底離任。2001年創立Net and Books。2010年創立ChineseCUBES 中文妙方。其所發想的中文妙方產品榮獲2013年德國iF 設計大獎的傳達設計獎（iF Communication Design Award 2013）。

現任大塊文化、Net and Books，與ChineseCUBES董事長。

著有：《工作DNA》、《故事》（大塊文化）、《那一百零八天》、《他們說》、《越讀者》、《一隻牡羊的金剛經筆記》（Net and Books）。譯著：《如何閱讀一本書》（臺灣商務）、《2001太空漫遊》（遠流）

如果台灣的四周是海洋

郝明義
TAIWAN UNBOUND
REX HOW

我們要敢於和過去不同，
敢於和對岸不同，
敢於在險境中開創新的未來。
二十年時間將決定我們是滅亡還是新生。

還有另一個選項：想像畫面得靠讀者努力，不過讀者也可以選擇不要畫面，而要概念。

愈瞭解這個世界（的歷史、地理），就愈能靠近「作者眼中的事物」。我可以參觀《燈塔行》提到的赫布里底群島，或是閱讀其他描述此一群島的書籍。我可以參考插圖與照片，以求瞭解那個時代的服飾與室內裝潢。我也可以想辦法瞭解維多利亞時代的社會習俗……瞭解這些事，幫助我以某種程度的寫實，想像雷姆塞夫人的客廳與飯廳。

作者心中的小說背景畫面，某個程度上可能來自真實世界的某個地點，我們光靠照片或圖畫就能看到那個地方？吳爾芙的小說《燈塔行》背景裡的那棟房子，是否就參照了吳爾芙自己的房子？我很想查索這種資料（我一位朋友讀《燈塔行》時就查了）。要找出斯凱島（Isle of Skye）的燈塔照片很容易，但我會不會因此被剝奪了某些東西？這本書在我心中的畫面會更真實，但少了私密性（對我來說，雷姆塞這家人塞滿客人的避暑小屋，就像我家每年夏天在麻州鱈魚角〔Cape Cod〕租的那棟鬧哄哄的房子。我用鱈魚角那棟房子的畫面來想像《燈塔行》，進而對那本書產生共鳴）。我的朋友原本要告訴我吳爾芙的赫布里底群島的房子長什麼樣子，但我阻止了他。在我心中，雷姆塞一家人的房子是一種感覺，不是一個畫面，而我希望保留這種感覺，不想用事實取代。

好吧，或許那棟房子不「只是」一種感覺……但那種感覺超越了畫面。

那棟房子的概念，以及那棟房子在我心中引發的情緒，是某個複雜原子的原子核，周圍繞行著聲音、一閃而逝的影像，以及各式各樣的私人聯想。

我們閱讀時「看」到的影像十分私密：我們「沒看到」的東西，則是作者在寫書時想像的東西。也就是說，每一個敘事都會被改變音階調性，在想像中被演繹出來。敘事會被我們的聯想賦予意義，那都屬於我們。

***

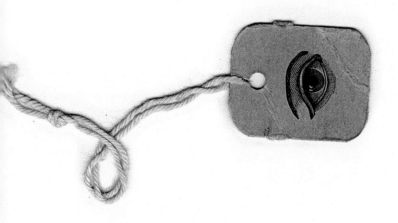

我一個朋友在紐約州奧巴尼（Albany）郊區長大，從小愛看書。他告訴我，每次看書，他都把家附近的後院與小巷當成故事發生地，因為他沒有其他參考座標。我也會做那種事。對我來說，我讀過的書大多發生在美國麻州的劍橋（Cambridge），也就是我成長的地方。因此不論是《約翰·克利斯朵夫》（*Jean-Christophe*）、《安娜·卡列尼娜》，還是《白鯨記》，所有經典橋段都發生在地方上的一所公立學校，或是我鄰居家的後院……把那些曲折壯麗的長篇故事搬到這些平凡無奇的地方，感覺有點奇怪，甚至好笑。那些發生在遠方的冒險，被意志強拉到某個無聊又不浪漫的地方。即使故事的發生地點變得截然不同，閱讀經歷被個人化，我個人的閱讀理解並未因此受損。某種程度上來說，我朋友和我做的事，其實是所有坐下來讀小說的人都會做的事。

***

我們會用自己熟悉的東西殖民書本，將書中人物放逐、遣送到
自己最熟悉的地方。

我們也以類似的方式，替非虛構類書籍更換場景。

當我讀到發生在蘇聯南部的史達林格勒（Stalingrad）戰役時，我想像一切的轟炸、占領、包圍、解放都發生在美國曼哈頓。或者應該說，它們發生在平行世界的曼哈頓、愛麗絲鏡中奇遇記的曼哈頓、虛擬歷史的曼哈頓，一個架構被調整過的蘇維埃「曼哈頓格勒」。

不同於小說依據真實地點塑造出虛構的場景，閱讀非虛構類書籍時，我感到一股奇怪的道德義務，覺得自己有必要找出更多關於真實史達林格勒的資訊。我自己版本的史達林格勒是假的。雖然把場景個人化，可以幫助我同情這場慘烈大型戰役的受害者——真實悲劇的真實受害者——這種視覺的替換似乎有點不尊重當事人，感覺不大對勁。*

* 不過每次閱讀非小說時，我還是會把自己的個人經歷摻進敘述裡。怎麼可能不摻呢？

譯註：曼哈頓與史達林格勒交疊的地圖。

我們觀賞舞台上的戲劇時，有一套不同的標準。我們愛怎麼想像哈姆雷特（Hamlet），就怎樣想像。劇場每次推出新版本，哈姆雷特可能由不同的演員扮演。我們不會把哈姆雷特當成一個人，而是任由他人詮釋演出的「角色」（role）。《哈姆雷特》的發生地丹麥是一個「場景」（set），可以是導演和舞台設計師想像的任何地方。

（或許我們在談小說時，該用「角色」與「場景」等詞彙？）

閱讀小說難道不是在上演某種私人劇場？閱讀也包含選角、舞台佈置、導戲、化妝、走位、舞台管理……

雖然書的**演出**和戲劇不太一樣。

THE READING IMAGINATION

（閱讀的想像）

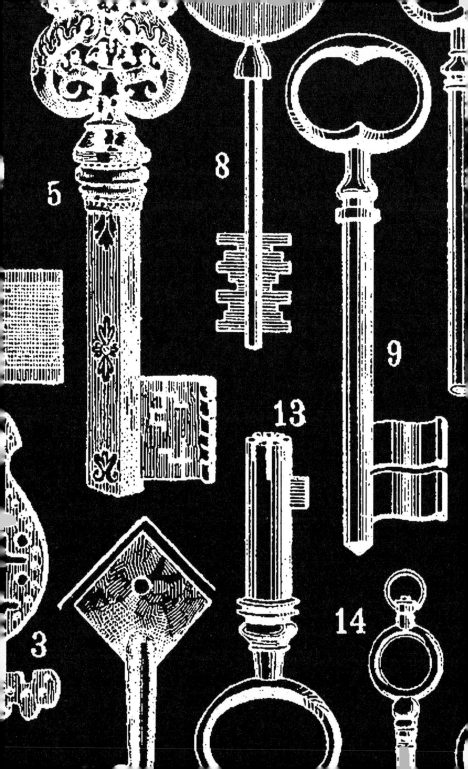

小說家描寫的對象、地點、人物：我們希望與他們心有靈犀一點通，我們心中所想，就是他們心中所想。然而這種希望是矛盾的。我們很貪心，希望**只有自己能夠解開作者的密碼**，但也希望藉由閱讀而解除孤單——覺得自己與他人擁有**共同**的想像……

（或者該說，這種想像是借來的？甚至是剽竊而來的？）

Author 作者	DICKENS, CHARLES （狄更斯，查爾斯）	
Title 書名	BLEAK HOUSE （荒涼山莊）	
Date Due 還書日期	Borrower's Name 借書人	
	Vladimir Nabokov （弗拉基米爾·納博科夫）	

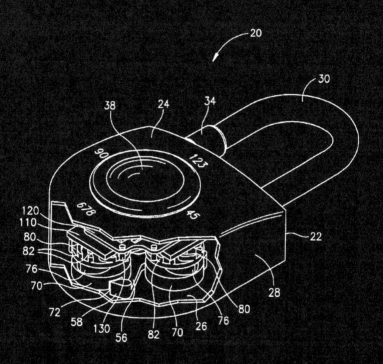

當然，我們也喜歡書本有祕密，喜歡內容**有所保留**（前文提過，書本守護著祕密）。

我們閱讀的時候，愛怎麼想像，就怎麼想像嗎？作者在界定想像這件事上，扮演著什麼樣的角色？

我們不妨想一想「共同創造」這個概念，以及文學批評家羅蘭・巴特（Barthes）提出的「作者的移除」（removal of the author）：

> 一旦作者被移除，詮釋文本就變得不太具有意義。給予文本一位作者是在限制文本，是在給文本最終的意指（signified），那是書寫的終結。

> 讀者……只是將構成書寫文本的所有線索放在一起的人。

作者的「移除」除了是（被動接收「意義」的）系統的死亡，還自然牽涉另一件事的終結——讀者不再乖乖接受意象。畢竟如果我們假設不再有作者，我們要從誰那裡接收意象？

＊＊＊

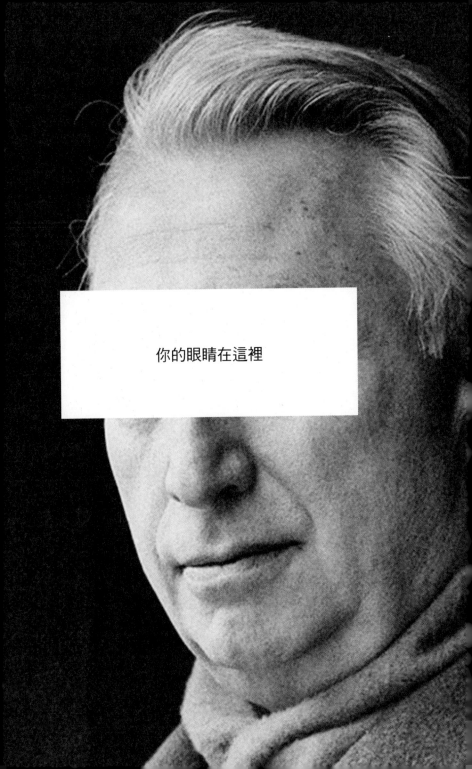

你的眼睛在這裡

地圖
& 規則

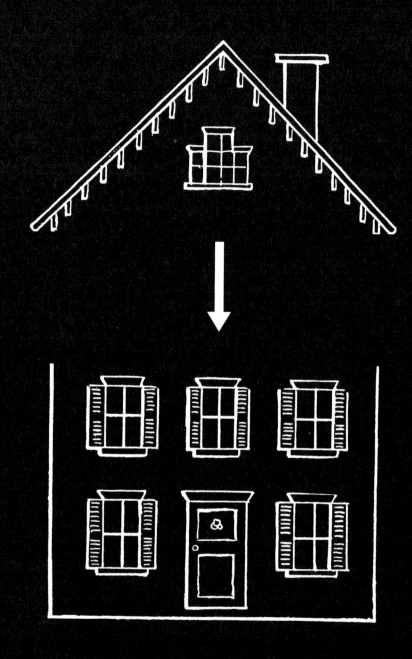

《燈塔行》的情節發生在赫布里底群島的一棟房子。如果要我加以描述，我可以給你幾個細節，但這棟房子就和我心中的安娜‧卡列尼娜圖像一樣，東一點、西一點，只有模糊的幾扇百葉窗和天窗。

這種房子下雨時該怎麼辦！這下子我想像出了屋頂，但依舊不知道材質是石板還是木板。木板好了（有時我們的選擇具有特殊意義，有時沒有）。

我知道雷姆塞一家人的房子有花園、有籬笆，還知道當地有海景和燈塔。我知道這個舞台上每個角色所處的大致方位，我繪製出四周的地圖，不過畫地圖和畫畫不太一樣——從視覺的角度來說，兩者重塑世界的方式相當不同。

（納博科夫也會畫小說的**地圖**。）

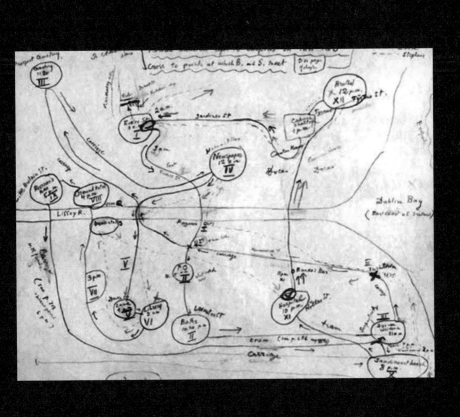

有時我也會這麼做，我畫過《燈塔行》的地圖。

但我依舊無法描述雷姆塞一家人的房子。

我們幫虛構場景繪製的地圖，就如同真實世界的地圖，有其功能性。能夠引導我們到婚宴現場的地圖，不是畫出婚禮接待處的圖畫——而是一連串的指示。我們心中雷姆塞一家人的房子地圖也一樣，地圖支配著圖中人物的一舉一動。

文學批評家蓋斯說（我們又提到他了）：

> 我猜我們的確會想像出畫面。我把手套扔到哪了？我在心中搜索房間，直到找到為止，不過我找的房間是抽象的——只有一張簡圖……我把房間想成幾個可能找到手套的地點……

雷姆塞一家人的房子，集合了相關人物可能出現的位置。

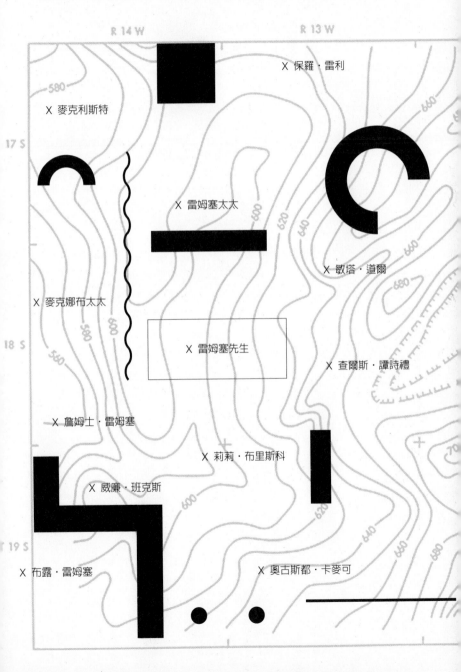

East lie the Iron hills where is Dain.

The Londy Mountain

Here was Girl lord in Dal

Here of old was Thrain King under the Mountain

The Desolation of Smaug

far the North are Grey Mountains & Withered Heath whence came the Great Worms.

the

譯註：《魔戒》地圖。

West lies Mirkwood the Great

我們有時弄不清楚「可見度」（visibility）與「可信度」（credibility）有何差異。有的書似乎充滿畫面，事實上呈現的卻是虛構的「事實」。或者該說，這樣的書靠著堆砌大量的細節與傳說，塑造出似幻似真的感覺，讀者彷彿身歷其境。托爾金（J. R. R. Tolkien）的《魔戒》（*Lord of the Rings*）三部曲正是這樣的文本。書的扉頁告訴讀者，他們可能想知道精靈據點瑞文戴爾（Rivendell）的所在地，附錄還告訴大家最好能學精靈語（扉頁地圖一向暗示讀者正進入一本書的世界或一座知識寶庫）。

這樣的書需要花工夫研究（這是這類書籍引人入勝的重要原因）。讀者可以學到中土世界的神話與傳說，還可以熟悉當地的動植物（你也可以用同樣的方式，研究非奇幻小說的虛構世界，例如美國作家大衛・福斯特・華萊士〔David Foster Wallace〕《無盡的玩笑》〔*Infinite Jest*〕中的「北美國家組織」〔The Organization of North American Nations〕）。

這種「擬像」（simulacrum）世界的元素、內容，必須感覺起來**永無止境**。作者帶我們踏上敘事的大道，但我們永遠覺得自己可以離開那條大道，四處披荊斬棘、開路而行，最後發現一個多采多姿的無人之境。

只是：作者不需要堆砌細節，就能創造出一個可信的世界（或人物）。

靠幾個用直線連接起來的點，就能定義形狀——不需要其他東西。換句話說，我們可以界定規則。

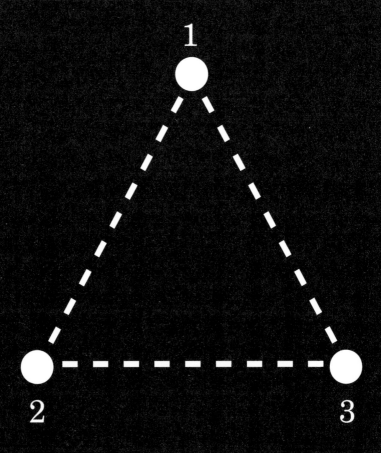

英國詩人奧登（W. H. Auden）說《魔戒》是「由好懂的法則組成的世界」。

將一條規則或函數化為公式的重點，在於要能**應用**。使用者必須能夠運用那條規則。（函數以及應用函數的人必須能夠「繼續下去」。）

小說人物也是一樣。安娜可以用幾個不同的「點」（纖纖玉手；一頭深色捲髮）或「函數」（安娜氣質高貴*）定義。

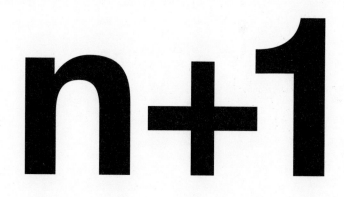

* 這點不同於安娜在小說幾份初稿裡的形象。先前她被描寫成「粗野」無文（請見翻譯家理查‧沛米爾〔Richard Pevear〕的《安娜‧卡列尼娜》新譯本簡介）。

抽象概念

不可能的幾何圖形

先前我讀美國小說家洛夫克拉夫特（H. P. Lovecraft）的書，有一段話提到「不可能的幾何圖形……」，以及「難以言喻、無法想像的恐懼」。

（我們閱讀時，有時會被明確要求想像不能想像的事。）

　　……在我的想像裡，那是一個可怕的回聲。來自外頭無法想像的地獄，飛越無法想像的深淵。

這是在要求我們「不要看」？

有的文類的確有這種傳統，例如科幻小說、恐怖故事……*

碰到這種情形，我會感到一股疏離與怪誕──這是我做到「不去看」的方法。

就算被告知不能想像，我依舊會想像。而我想像的內容，相較於之前圖像化的安娜・卡列尼娜，並不會比較清楚或比較不清楚，也不會更容易或更不容易。

＊＊＊

---

* 或是當代的理論物理學。

「沒有『虛體』（incorporeality），就沒有真正的『整體』（unity）。」

猶太哲學家摩西‧邁蒙尼德（Moses Maimonides）在《迷途指津》（*The Guide for the Perplexed*）中寫道，把神想像成「有臉、有手有腳的形體」是不可能的事。想像或描繪這樣的神，一定會帶來令人頭痛的矛盾情形，或是其他哲學與神學上的爭議。

西方許多中世紀學者為了這個概念傷透腦筋——我們人無法定義「統一的」神（a "unified" God）。

邁蒙尼德認為應該採取「反面神學」（negative theology），也就是靠列出神「不是」什麼來認識神。

書本裡的人物只擁有理論上的形體，我們的想像給了他們統一性。然而，人物角色也能靠他們「不是」什麼來定義。

托爾斯泰藉由告訴我們，安娜的情夫佛倫斯基：

　　身材結實，黑髮，不是特別高……

……讓我們知道，佛倫斯基不是金髮，人也不矮。

***

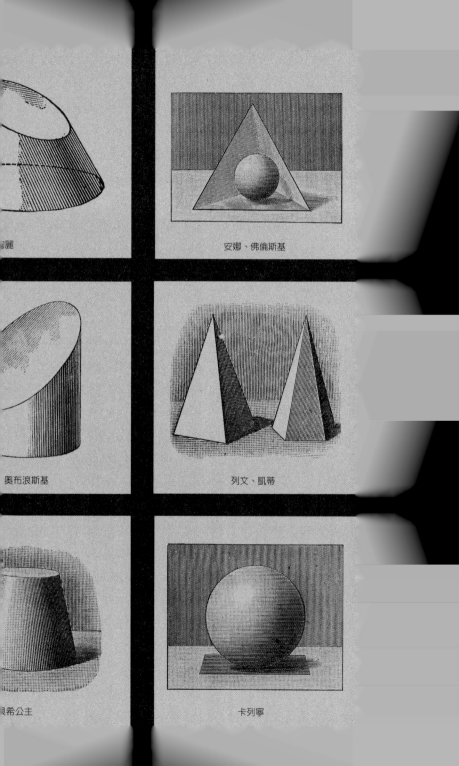

麗

安娜、佛倫斯基

奧布浪斯基

列文、凱蒂

浪希公主

卡列寧

讀者閱讀時，心中若沒有畫面，此時激發情感的東西就是概念的互動——抽象關係的相互交融。這聽起來不是什麼讓人愉快的經驗，但我們聽音樂的時候其實也是這樣。藝術最深沉的美，存在於這種交織的抽象微積分。那種美不存在於我們心中的事物圖像，而在於元素的互動……

你聽「非」標題音樂時（譯註：標題音樂是為了電影、繪畫、詩歌、歷史事件等特定主題而創作的音樂），是否會因為沒有特定的意象，感覺少了什麼？你聽巴哈的賦格曲時，可以天馬行空地想像任何東西，例如一條小溪、一棵樹、一台縫紉機、你的另一半……不過音樂本身並未傳達特定的意象（我認為沒有比較好）。

讀小說的時候，為什麼不是這樣？因為某些細節或特定的意象被召喚出來？這種明確的針對性會改變事情，但我認為只有淺層的改變。

***

我們閱讀時，腦海中會出現畫面嗎？當然會，我們一定想像了某些事……並不是所有的閱讀都是抽象的，只有理論概念的互動。我們心中的某些東西似乎是以畫面呈現。

不妨做個實驗：

一、想一想大寫的英文字母「D」。

二、想像那個字母逆時針轉九十度。

三、在心中把那個轉過去的D，放在大寫英文字母「J」的上面。

好了⋯⋯
你
心中
出現了
哪
一種
天氣？

（我們想到「陰雨綿綿」，因為我們成功在心中建構出圖像——剛才的實驗就是在做這件事。）

（我們在心中製造出畫面。）

當然啦，我們剛才製造的畫面，來自於以字母呈現的兩個符號。**要看到**真正的雨傘畫面，**則難上許多**⋯⋯

我們閱讀時，看到被提示要看到的東西。

即便如此……

就如英國哲學家約翰‧洛克（John Locke）所言：「人人都有神聖不可侵犯的自由，可以自由發表看法，沒有人有權要求別人的觀點必須和他們一樣……」

然而……

這段話也不**完全**正確，是吧？

如同托爾斯泰寫下安娜「秀髮如雲」，我其實可以和作家一樣，侵犯你的自由，強迫你看到某種意象。

如果我說：

「海馬」

你看到海馬了嗎？或是你想像自己看到了？就算只有一瞬間？

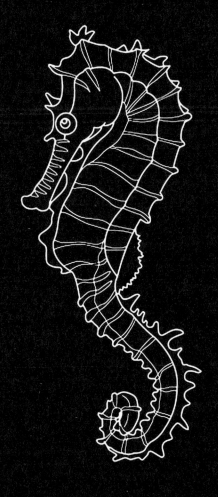

每隻想像中的海馬都不同，這隻長這樣，那隻長那樣。

但是每隻想像中的海馬都有好幾個共同特徵。借用維根斯坦的術語來說，它們會有「家族相似性」（family resemblance）……

我們每個人想像出來的安娜・卡列尼娜或包法利夫人（或以實瑪利），大概也是這樣。他們各個不一樣，但是都有**關聯**。

（如果把所有人心中的安娜相疊、取一個平均值，最終我們能否看到**托爾斯泰**的安娜？大概還是沒辦法。）

眼睛、
視覺畫面
&
媒體

譯註：荷馬雕像。

英國詩人約翰‧彌爾頓（John Milton）雙目失明，據說希臘詩人荷馬也是。神話中的先知忒瑞西阿斯（Tiresias）也是盲人。雖然「想像」與「洞察力」不同於「視覺畫面」（洞察力的英文是insight，字面意思是「看得到」〔in-sight〕），我們認為想像是一種「內在的追尋」，那是一種離開客觀世界的行為。*

我們還進一步假設，外在的視力只會妨礙內在的視力（想想荷馬、忒瑞西阿斯）。

夏綠蒂‧勃朗特曾寫道：「我覺得自己先前一直矇著眼走路——這本書似乎給了我眼睛……」

* 亦可參考另一個類比：失聰的貝多芬

你可以說，想像就如同「內在之眼」。

不過我的一個朋友說，這樣講是在暗示心靈的內容**等著人去看**——就好像概念是一個、一個的小東西。然而我們不會像看到馬、蘋果，或是你正在讀的這頁文字一般，看到「意義」。

英國詩人威廉・華茲華斯（William Wordsworth）形容過自己和妹妹桃樂絲（Dorothy）是如何在湖邊看到一片黃花（這是文學史上的著名事件）。

後來，這些花（**常常**）再度浮現他的心頭：

> 此後每當橫臥長椅
> 心情茫然，心思鬱鬱，
> 花海閃現於內心之眼
> 此乃獨處之樂……

小時候，父親總是鼓勵我背這首詩，長大後一直縈繞心頭——這首詩道出我們是如何感知事物。感知製造的視覺殘像（afterimage）轉化成記憶，接著成為藝術。

華茲華斯的水仙花被記住，而不是被想像。那些花、它們金黃的色調、隨風搖曳的姿態，一開始先是以感官資訊的形式被詩人接收。（理論上）華茲華斯**被動**接收了那些資訊，後來，它們才變成回想以及詩人主動想像時的素材。

此時，華茲華斯已經內化了那些花，不過他回憶的素材理論上是那些眞實的水仙花。

（華茲華斯實際看到的那些花。）

我們沒看過華茲華斯「迎著風翩翩起舞」的水仙花。我們可能看過其他的水仙花——但沒看過他的。因此我們必須依據詩人的文字，也就是他的模擬（mimesis），來想像他的花。

即便如此，請注意這段出現在最後一小節的詩行，完美道出我們閱讀華茲華斯的作品時是如何想像的——模糊的黃色花海「閃現」在「內心之眼」的前方。

**

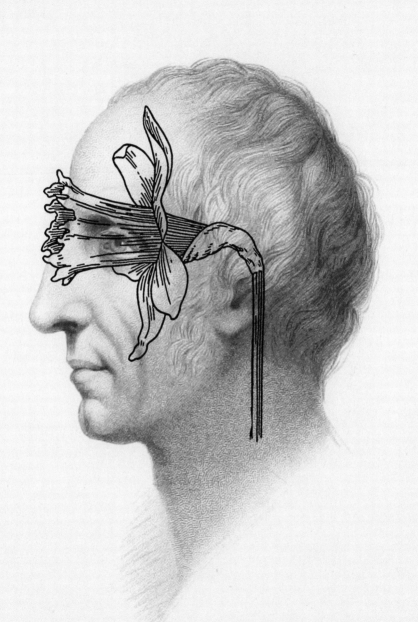

小說（以及故事）間接主張以哲學的方式看世界，它們提出或拋出本體論（ontology，譯註：研究「存有」〔being〕的學問）、認識論（epistemology，譯註：探討知識與真實之間的關聯的學問）、形而上學（metaphysics，譯註：解釋存在與世界的哲學）⋯⋯有的小說探討表象的世界，有的小說則嘲諷或擔憂我們認識的世界。然而，讀者必須透過小說的現象學，也就是小說如何處理知覺（例如視覺），才能找出作者真正的哲學觀。

＊＊＊

文學如果呈現出這個世界的視覺畫面，沒有加以戲劇化，只是描寫表象，那是什麼樣的文學？

> ⋯⋯我們不再以聆聽懺悔的神父、醫生或上帝的眼睛（這三種身分是古典小說家的重要本質）看這個世界，而是用城市散步者的眼睛看世界。城市散步者只看到眼前的景色。他除了自己的雙眼，沒有其他力量。

（以上這段話是羅蘭・巴特對阿蘭・羅伯－格里耶〔Alain Robbe-Grillet，譯註：法國新小說派作家，主張運用新手法展示客觀存在的世界〕作品的評論。）

羅伯－格里耶筆下的客體（object）不具寓意。它們不是符號，也不是聯結鏈（associative chain）中的一環（譯註：行為理論認為，每個行為的任一元素，都與其他元素相關，所有的元素串在一起）。客體沒有意義，也不意味任何事。

對羅伯－格里耶來說，客體單純存在。

一塊完整無缺的四等分番茄，由機器切割，方方正正，完全對稱。周圍的果肉緊實，具有同質性，呈現鮮紅的顏色。發亮果皮與空心處之間的果肉，厚度均勻。空心處有著黃色的漸層種子，一排一排，嵌在隆起的果心旁一層薄薄的綠色膠狀物中。果心上有著微微的淡粉紅紋理，最前端微微不規則地往內部的空心走，一圈白色紋理延伸至種子的方向。果實上方發生過幾乎看不出來的小意外：果皮的一角自果肉上脫落，長一吋的果皮一端略微翹起。

這段話給了我一段什麼也沒有指涉的觀看世界體驗。我瞬間進入那樣的情境，意識到自己的地理位置，留心起幾何學。突然之間，這個世界似乎純粹是視覺現象——被簡化成光線與向量——我變成相機，而不是攝影師。時間的流逝變得不具意義。組成這個世界的片段，再也無法對我的心理與自我意識起作用，只是顯眼地出現在一旁。在這種存在的狀態下，沒有冷酷與邪惡，只有某種奇異的前意識（preconscious，譯註：介於意識與無意識之間的環節）。

這種狀態以及描寫這種狀態的小說，是否強迫我們的想像力看到更多、看得更清楚？（比起夏娃的蘋果，我們是否以更清楚、更豐富的方式，看到羅伯－格里耶的番茄？）

對我來說沒有。

***

→譯註：由羅伯－格里耶擔任編劇的電影《去年在馬倫巴（*Last Year in Marienbad*）劇照。

我們想像書中事物時，處於**什麼位置**？**攝影機**（打個比方）位於哪裡？

觀察的角度，是否只和敘事者所在的位置有關？舉例來說，如果某個故事採**第一人稱**——尤其是現在式的第一人稱——我們讀者自然會「透過敘事者的眼睛」看故事情節。（比利時文學批評家喬治‧布萊〔Georges Poulet〕在《閱讀的現象學》〔*Phenomenology of Reading*〕一書中寫道：「我的意識如同他人的意識般運作。我閱讀，在心中念出一個『我』的故事……而那個人不是我。」）第二人稱的敘事也會發生類似情形（敘事者對「你」說話），**複數**的第一或第二人稱（「我們」、「你們」）也一樣。

過去式的第三人稱敘事，甚至是過去式的第一人稱（就像是朋友在桌邊講故事），自然讓我們凌駕於情節「之上」，或是在「一旁」旁觀。此時我們的觀點和敘事者的觀點一樣，屬於「上帝的觀點」。*或許此時，我們會從一部「攝影機」，跳到另一部「攝影機」，以特寫的方式捕捉反應，接著又拉開，透過更廣的「鏡頭」看群眾及地平線：滑輪軌道上的攝影機拉開距離……即使是從那樣的角度，而且處於全知敘事的狀態，我們有時會不小心跳到第一人稱（就像上帝化為人形），透過單一人物的視野看事情。

* 就如同遊戲設計的術語。

不過當然，以上再次是在拿上戲院、看電影來比喻，而不是在談閱讀一本書真正的情形。我們並沒有真的看到那麼多東西，而且作者選擇的敘事**人稱**，並不會影響任何視覺畫面（人稱會改變意義，但不會改變角度，也不會改變我們看的方式⋯⋯）。

《白鯨記》的以實瑪利直接對著我說話*（「你可以叫我以實瑪利」），儘管有時我在以實瑪利身旁，有時在他的上方，像隻海鷗看著他走過捕鯨據點新貝德福（New Bedford）的街道。或者我透過以實瑪利的雙眼，以訝異的心情第一次看到室友魁魁格。也就是說，我們看敘事的觀點可以變化、不受限制，就如同作者創作時的想像。我們的想像力會自由自在地遊蕩。

* 也可以說，他是在對所有的「我」說話，也就是讀者。

我們接觸的電影、電視和電玩愈多，閱讀觀點就會愈受那種媒體影響。我們開始在閱讀中拍攝電影和電玩畫面。

（我發現電玩遊戲特別可能造成這種閱讀的觀點滲透〔leakage〕。電玩和閱讀一樣，提供了參與者能動力……）

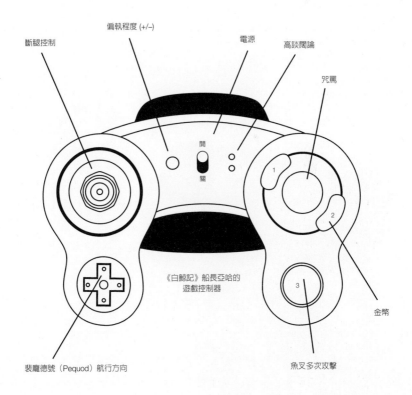

偏執程度 (+/−)

斷腿控制

電源

高談闊論

咒罵

開

關

1

2

3

《白鯨記》船長亞哈的
遊戲控制器

金幣

裴龐德號（Pequod）航行方向

魚叉多次攻擊

第一人稱
主角的視野

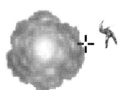

（奧涅金）ONEGIN　　LENSKY（連斯基）

1　　　　0

譯註：奧涅金（Onegin）與連
斯基（Lensky）為普希金的小說
《葉甫蓋尼‧奧涅金》（*Eugene
Onegin*）的主角，兩人是情敵。

第三人稱
「上帝之眼」的視野

（奧涅金）ONEGIN　　LENSKY（連斯基）

1　　　　0

文字沒有「特寫鏡頭」這種東西。一段敘事可能提到某個細節，但效果和拉近鏡頭的攝影機不一樣。一本書提到細節時（例如《安娜·卡列尼娜》中奧布浪斯基的拖鞋），觀察者不會覺得自己正在靠近，甚至是改採不同的觀點。小說中的這類事件不是空間的，而是語義的。鏡頭拉近時，攝影機與物體之間的關係會產生變化，我們（觀者）和物體之間的關係也因而改變。然而小說不是這樣運作的。如同卡爾維諾所言：「語言與意象之間的距離，永遠相同。」*

* 請見Italo Calvino, *Cahiers du Cinema*, October 1966。

此處有個耐人尋味的問題：我們知道，想像出一樣**東西**並不容易，但除此之外，我們能否描述東西存在，以及它們（還有我們讀者本身）在想像中移動時所處的媒介或範圍？我們是否想像出**空間**？「鏡頭拉近、拉遠」意味動作有一連串的畫面——不只是我們細看的物體變大，先前的畫面與畫面內容也必須消失……

MARCEL PROUST
SWANN IN LOVE

Translated by
C.K. Scott Moncrieff and Terence Kilmartin

Preface by Volker Schlöndorff

$3.95/394-72769-X

（英譯者：司各特‧蒙克里耶夫／序言：沃克‧施隆多夫）
譯註：一九八四年電影《斯萬的愛情》劇照。電影改編自普魯斯特的小說，導演為施隆多夫。

小說改編成電影時，電影畫面強壓過我們讀者對文本的想像……除此之外，電影還告訴我們什麼？

觀賞書籍改編而成的電影是探索「閱讀想像力」的絕佳機會，對照兩種體驗可以帶來啓發（就像神經病學研究腦部的功能異常，來研究大腦功能）。

我讀小說或故事時，情節內容（地點、人事物）會消失，被**含義**（significance，譯註：讀者賦予文本的詮釋）取代。例如花盆的畫面，會被花盆在我（讀者）心中的意義與重要性取代。

我們永遠在判斷文本的含義。我們閱讀時所「看」到的東西，大多是這種「含義」，而所有的含義都會在書被改編成電影時產生變化……

作家羅伯-格里耶談過這種變化：

> ……一張空椅子變成缺席或盼望，搭在肩上的手變成友誼的象
> 徵，窗上的鐵條變成無法脫身……然而在電影裡，我們只看到椅
> 子，只看到手在動，只看到鐵條的形狀。它們象徵的東西依舊顯
> 而易見，但不會壟斷我們的注意力，而是變成某種附加的東西，
> 甚至是多餘的，因爲影響我們、留存在記憶裡，最基本、無法簡
> 化成腦中模糊概念的東西，就是手勢本身，還有東西、動作、輪
> 廓，也是畫面突然間（以及無意中）回歸自身的現實。*

* 請見 *For A New Novel*, translated by Richard Howard。

「花 盆」

水仙花

譯註：水仙花的學名源自希臘神話人物「納西瑟斯」（Narcissus）。

小說是否比較近似於卡通或漫畫，比較不像電影？

動畫可以教作者許多事，尤其是揮灑幾筆就能定出人物與物體輪廓的方法。*

小說人物除了通常「幾筆」就能描繪出來，他們的動作也和漫畫一樣，發生在格子裡，也就是場景中。一個個的場景雖然未被視覺的方格框起來，它們被文字敘述出來。然後，讀者將場景／格子串在一起，將文字段落化為完整、合理的整體敘述。

（方格之間的空白是漫畫的特徵。一條條的空白，不斷提醒讀者漫畫家沒畫出來的東西，也讓人注意到創作者的框架能力。小說中的框架及框架之間的空白，則不是那麼明顯。）

* 請見Italo Calvino, *The Uses of Literature*。

287

DAYS PASS AND INTO THE WINTRY WINDS SAILS THE PEQUOD. BUT STILL NO SIGN OF THE MYSTERIOUS *Captain* AHAB

SUDDENLY ONE DAY...

QUICK, QUEEQUEG. LOOK!

CAPTAIN AHAB!

OLD THUNDER, HIMSELF!

AFTER A FEW MINUTES, STUBB, IN PASSING, DISTURBS THE CAPTAIN...

WHY DO YOU DISTURB ME, STUBB! DOWN...DOWN TO YOUR KENNEL!

YOU CAN'T CALL ME A DOG, AND GET AWAY WITH IT!

THEN I'LL CALL YOU A MULE AND A PIG, TEN TIMES OVER!

NOW GET!

knew he was g
rope's final end
an oarsman, an
For an instant
'The ship? Gre
dim, bewildering
as in the gaseous
of water; while
once lofty perche
sinking look-outs
the lone boat itse
every lance-pole,
and round in one
out of sight.

作者可能讓我們留意到文本的局限性——文本無法讓我們在同一時間看到數個動作或登場人物⋯⋯

例如《白鯨記》的故事即將結束時，以實瑪利告訴我們，他：

⋯⋯漂在接下來發生的場景邊緣，目睹了完整的過程⋯⋯

（請注意這裡提到的「邊緣」，就像是漫畫方格之間的空白處。）

***

←譯註：《白鯨記》書頁一角。

記憶
&
幻想

我們的閱讀想像大多來自視覺的自由聯想，而且多數未被作者的文本束縛。

（我們一邊閱讀，一邊做白日夢。）

小說讓我們發揮詮釋的能力，但也讓我們的心靈漫遊。

→譯註：人格投射墨跡測驗。

ning was vanishing from his sight . . . Inadvertently moving his
he suddenly felt the twenty-kopeck piece clutched in his fist. He
his hand, stared at the coin, swung, and threw it into the water
e turned and went home. It seemed to him that at that momen
cut himself off, as with scissors, from everyone and everything
reached home only towards evening, which meant he had been
g for about six hours. Of where and how he came back, he
bered nothing. He undressed and, shivering all over like a spen
lay down on the sofa, pulled the greatcoat over him, and imme
sank into oblivion . . .

the dark of evening he was jolted back to consciousness by
e shouting. God, what shouting it was! Never before had he see
ard such unnatural noises, such howling, screaming, snarling
blows, and curses. He could never even have imagined such
ness, such frenzy. In horror, he raised himself and sat up on hi
ormented, and with his heart sinking every moment. But th
ng, screaming, and swearing grew worse and worse. And ther
great amazement, he suddenly made out his landlady's voice. Sh
owling, shrieking, and wailing, hurrying, rushing, skipping ove
s, so that it was even impossible to make anything out, pleadin
mething—not to be beaten anymore, of course, because she w
mercilessly beaten on the stairs. The voice of her assailant be
so terrible in its spite and rage that it was no more than a rasp
er assailant was also saying something, also rapidly, indistinctly
ing and spluttering. Suddenly Raskolnikov began shaking like
he recognized the voice; it was the voice of Ilya Petrovich. Ily
vich was here, beating the landlady! He was kicking her, pound
er head against the steps—that was clear, one could tell from th
ls, the screaming, the thuds! What was happening? Had th
turned upside down, or what? A crowd could be heard gathe
n all the floors, all down the stairs; voices, exclamations could b
, people co ing up, knocking, slamming doors, running. "B

閱讀的想像是鬆散的聯想——但並不**隨機**。

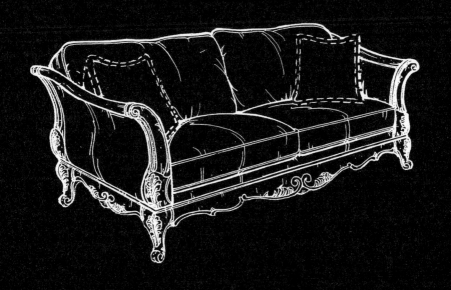

（我們的閱讀想像或許不是很連貫，但依舊帶有意義。）

因此我在想，或許記憶（記憶是想像的素材，和想像混雜在一起）感覺像是想像出來的事物，而想像出來的事物感覺也像記憶，因為它們的源頭是**記憶**。

記憶來自想像，想像創造記憶。

我又讀了一本狄更斯的書（這次是《我們共同的朋友》〔*Our Mutual Friend*〕），我想像書中提到的場景——一座工業港：河流、船隻、碼頭、倉庫……

我想像這個場景時，我的素材取自何處？我搜尋記憶，想找出有類似碼頭的類似地點，這花了我一點時間。

接著，我想起小的時候，有一次和家人造訪加拿大，那裡有一條河，還有碼頭——我剛才想像的碼頭，就是加拿大那座碼頭。

後來一位剛認識的朋友告訴我，他西班牙的房子位於「碼頭」邊，我發現我想像他家時，用的也是同一座碼頭——我在加拿大看到的那一座；我閱讀小說時，已經在想像裡「用過」那座碼頭了。

（這座碼頭我究竟**用過**多少遍？）

我們想像小說中的人事物時，無意間也一瞥自己的過去。

（我們可以搜尋想像，就像搜尋夢境一樣，尋找逝去過往的蛛絲馬跡與片段。）

→譯註：《我們共同的朋友》故事發生地「道格斯島」（Isle of Dogs）。

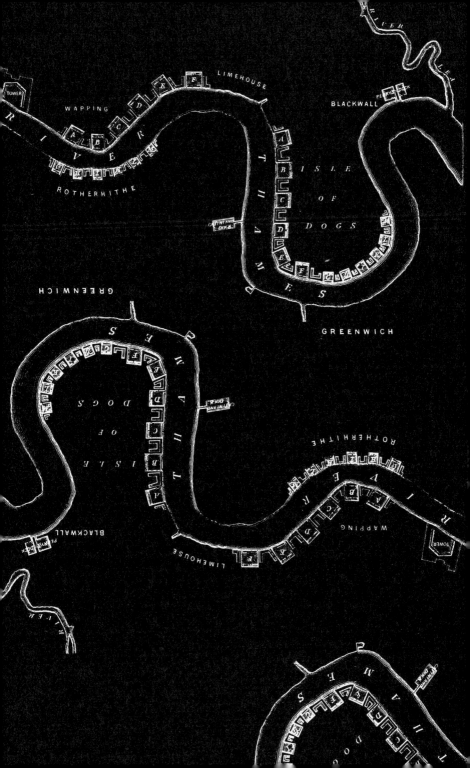

文字之所以會有力量，不是因為它們本身承載的東西，而是它們可能開闊讀者過往的經歷。文字「帶有」意義，不過更重要的是，文字會增強意義……

***

「河」（River）這個字包含所有的河流。所有的河流像支流一樣，流進這個字。此外，這個字不只包含所有的河流。更重要的是，這個字包含所有「我的」河流：我想得起來的每一條河流，包括看過、游過、釣過魚、聽過、**耳聞**過、直接感受

過，間接以任何方式被影響過，或者以二手或其他方式得知的河流。這些「河」是無窮無盡的蜿蜒小溪，讓小說激發想像。我讀到「河」這個字時，不論有沒有上下文，我都會鑽進那個字。（我是一個踩進湍急小溪的孩子，我的腳被吸住，卡在河床裡；或者蒼白溪流現在就在窗外，在我的右手方、公園樹木那邊──因為結冰而閃閃發亮。或者河流是我青春期引發無限遐想的回憶──在異國城市交織河道旁的一座碼頭，在春天，一個女孩飄動的裙子……）

這是一個字潛在的力量，相關的事物多到快要滿出來。這樣一想，作者其實不需要提供太多東西……

（我們已經泡在河水裡了，作者只需要輕輕攪動這座蓄水池。）

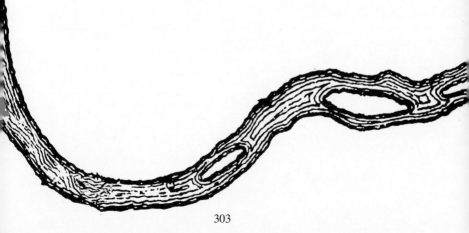

通 感

譯註：通感（Synesthesia）又譯「聯覺」、「共感覺」等，指一種感官刺激會觸發另一種感官，例如聽音樂時，覺得眼前看到顏色。

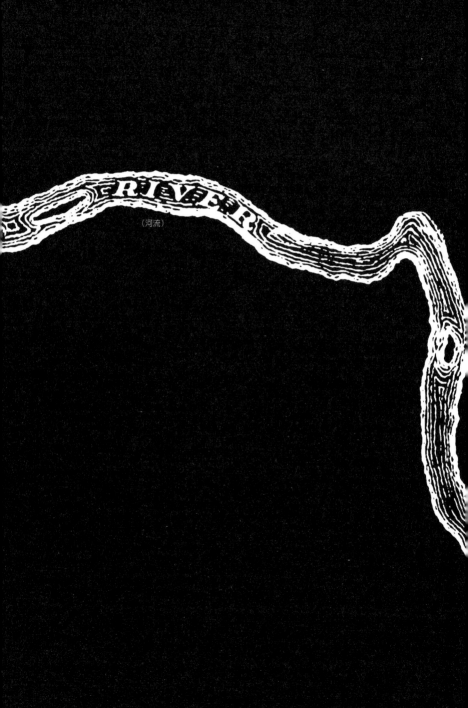

RIVER（河流）

……這隻閃閃發亮、蜿蜒曲折、身軀龐大的動物，不斷追逐嬉鬧。它咯咯笑著，抓住些什麼，然後又大笑一聲，放開對方。它撲到新玩伴身上，玩伴掙扎脫身，但又再次被抓到，被抱個滿懷。它不停晃動，跑來跑去——一明一暗，閃閃發亮，沙沙作響，旋轉、冒泡，喋喋不休。

——肯納斯・葛蘭姆（Kenneth Grahame），《柳樹中的風聲》（*The Wind in the Willows*）

以上這段文字的主要目的，不是為了勾起我們心目中的河流景象*（譯註：這隻「動物」指的是河流），而是引發一種感覺：**在河邊快樂玩耍的感覺**（我們所有人大概都記得那種感覺）。

我們閱讀時體驗到的感覺，大多會和另一種感官重疊，或是被另一種感官取代——這是一種通感體驗。我們會「看」見聲音，「聽」見色彩，「聞到」景象……當我告訴你我踏進「湍急小溪，腳被吸住」，我要講的其實是——河中的漩渦，膝蓋下清涼的小腿，涉水而行時不得不慢吞吞地前進……

* 英文形容一個人沉浸在閱讀之中時，經常使用漂浮在河上的隱喻：英文會說我們被敘事「帶著走」（carried along），就好像搭乘一艘無槳小船。然而，這個隱喻帶有被動的意味；我們閱讀時，心靈其實會主動出力。有時我們必須費很大的力氣划船，以對抗水流或是避開突出的岩石。即使無須出力、順流而行時，載著我們前進的船依舊是我們的心靈。

以下是美國女作家伊迪絲‧華頓（Edith Wharton）的小說《歡樂之家》（*House of Mirth*）中一段精彩的人物敘述：

> 她踏著長長的輕快步伐，跟在賽登（Selden）身旁。她靠得好近，賽登感到受寵若驚：那小巧的耳朵、波浪起伏的秀髮是不是被藝術的巧手碰過？還有她那又濃又直、有如種上去的黑色睫毛。

這段話讓我們得知女生的髮型，以及她睫毛的濃密度，這很好。不過這段話其實想傳遞一種韻律，表現出一名年輕男子走在年輕女子身旁時，他心中的快樂。我們不是依據字面的意義，得知他興高采烈起來，而是靠聲音──聽啊：

「長長的輕快步伐……受寵若驚……黑色睫毛……」

（Long light step... luxurious pleasure... black lashes...。譯註：以上幾個英文字因為有多個「L加母音」的音節，帶來下文所說的唱歌效果。）

這段話所押的頭韻根本是在唱歌：

「啦 啦 啦啦

（換句話說，我們有時不清楚自己是在「看」，還是在「感受」。）

全天下的詩人都會告訴你，韻律、高低起伏的音調、擬聲字，都會為聽眾與讀者（沉默的聽眾）帶來通感轉移。

文本會出現音樂。

> Soft is the strain when zephyr gently blows,
> And the smooth stream in smoother numbers flows;
> But when loud surges lash the sounding shore,
> The hoarse rough verse should like the torrent roar.
> When Ajax strives some rock's vast weight to throw,
> The line too labours, and the words move slow:
> Not so when swift Camilla scours the plain,
> Flies o'er th' unbending corn, and skims along the main.*

微風若輕吹，語調必得柔，／緩緩溪水，緩緩韻律；／然而大風大浪拍岸作響時，／嘶啞詩行應吼如巨浪；／英雄艾賈克斯奮力擲石時，／詩行也要使力出，文字亦得緩緩行；／神速女戰士卡米拉掠過平原時，則不然，／她飛過，穀物不低頭，她掠過，海洋不起伏。

（這是另一首學校要我背的詩。）

拉啦 啦 啦 啦 啦 啦 啦「啦啦」

* 請見 Alexander Pope, *An Essay on Criticism*。

所以我們也相信自己聽見書，我們清楚聽見了……

美國當代音樂家阿隆‧科普蘭（Aaron Copland）主張，我們聽音樂時會以三種「層次」聽：感官的層次（sensuous）、情感的層次（expressive）、音樂理論的層次（semantic/musical）。對我來說，感官面的聽最容易忘記，也最難回想。如果我想像自己「聽見」貝多芬《第五號命運交響曲》的開頭，想起不斷重擊耳膜的雄偉下行樂句，但沒聽到「全體合奏」（tutti），也沒聽到構成整體交響樂的個別樂器，而是聽見音符的形式，以及它們表達的情感。奇怪的是，我卻可以想起歌手的聲音。那是因爲我們自己的身體就能製造出**聲音**嗎？

我們是否聽見書中人物的聲音？（這似乎比看見他們的臉還難。）我們的確想像自己不說話時，可以在心中「聽見」自己的聲音。

「公元前三千年，閱讀……或許是聽見楔形文字，也就是看著圖形符號，幻聽到說話的聲音，而不是我們今日音節的視覺閱讀。」——美國心理學家朱利安‧傑恩斯（Julian Jaynes），《雙心智的意識起源》（*The Origin of Consciousness in the Breakdown of the Bicameral Mind*）

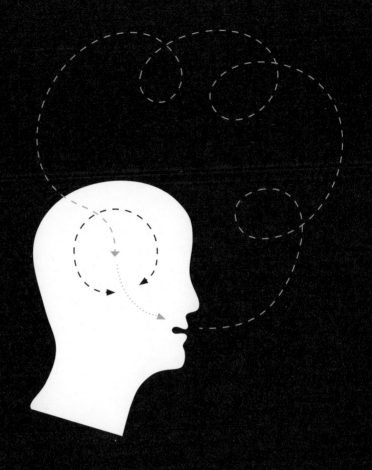

先前我們提過，普魯斯特說閱讀的體驗是「眼睛在瘋狂飛奔……」

那段話的結尾是：「……而……**我的聲音一直無聲地追在後頭**。」

我們用跨感官的類比摸索這個世界（用五感之一來形容另一種），儘管我們的類比大多是空間上的（例如未來「在前方」，快速震動的音符聲音「高」亢，快樂是飛到天「上」，難過則是心情「向下」沉到谷底）。我們想像故事有故事「線」（line），還安排音長、伏筆與高潮，就好像從一個感官到另一個感官，一一繪製在坐標圖上。（譯註：安排／coordinate，亦有「坐標」之意；音長／values，亦有「數值」之意；伏筆valley／高潮climax，亦有「波谷」／「波峰」之意。）

美國作家馮內果（Kurt Vonnegut）在「故事的簡單形狀」（The Simple Shapes of Stories）這堂課上，以類似的圖表介紹情節的基本輪廓。我自己也畫了一張……

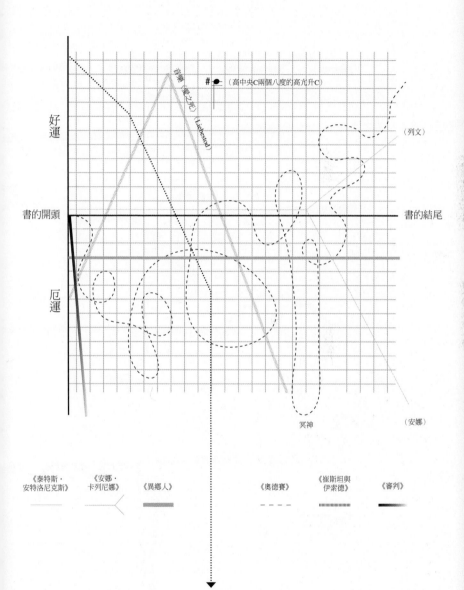

好運

書的開頭　　　　　　　　　　　　　　　　　　書的結尾

厄運

音樂《愛之死》（Liebstod）

#●（高中央C兩個八度的高亢升C）

（列文）

（安娜）

冥神

《泰特斯·　　《安娜·　　《異鄉人》　　　　　　《奧德賽》　　《崔斯坦與　　《審判》
安特洛尼克斯》　卡列尼娜》　　　　　　　　　　　　　　　　伊索德》

英國小說家斯特恩早就提出這種概念：

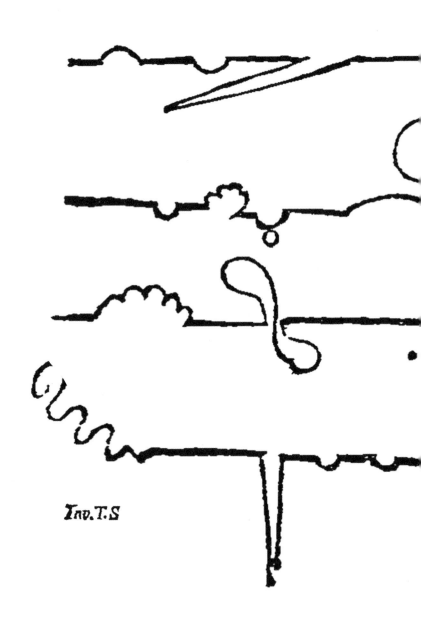

Inv. T.S

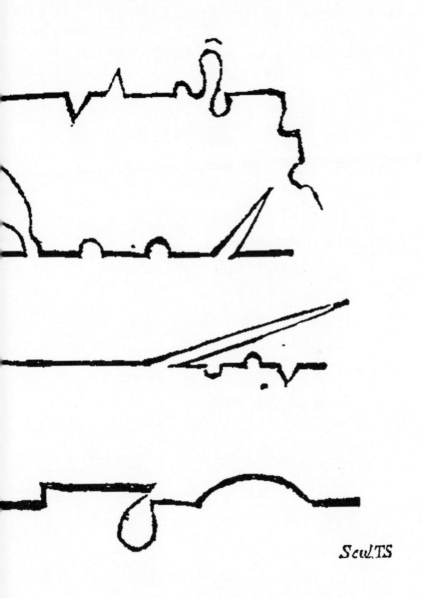

《項狄傳》（*Tristram Shandy*）的情節起伏

我全神投入一本書時，腦中會形成對應的視覺圖案……

這是卡夫卡版的紐約市向量圖，取自他的小說《美國》
（*Amerika*）：

從清晨到傍晚，一直到進入夢鄉的深
夜，那條街永遠車水馬龍。從上方看
下去，那是一團無法化解的混亂。不
斷出現的透視人影、各式各樣的汽車
車頂，都讓上方的空氣多了一層混
亂、一層喧鬧、一層迷亂。噪音、灰
塵、氣味被大量亮光包圍、穿透，街
道上的無數物體分解、散去，接著又
匆匆聚合，令人目眩神迷，就好像街
道上方有一道玻璃屋頂，玻璃時時刻
刻被猛力撞擊成碎片……

或是波赫士的迷宮……

316

I had made my way through a dark maze

我穿越一座黑暗迷宮

but it was that bright City of the Immortals that terrified and repelled me

亮麗市蜃蝶了我　我逃離

petered out after two or t

literal examples I have given; I do know that for many years they plagu

不知道我舉的例子……只知道多年來　它們困擾著我

I can no longer know whether any given feature is a faithful transcription of reality or one

我再也不知道是不是有任何東西是與其事

here were corridors that led nowhere, unreachably high windows

死路一條的走廊、高不可及的窗戶

grandly dramatic doors that opened onto monklik

華麗的大門，通往僧侶般

Other staircases, clinging airily to the side of a monumental wall, petered out after two or t

其他的樓梯嶠空攀附在巨大牆面上。

sely to confuse men; its architecture, prodigal in symmetries, is made

兩三圈後消失在

he palace that I imperfectly explored, the architecture had no purpose

我並未完全探索的宮殿，建築物沒有目的

或是法國詩人路易‧阿拉貢（Louis Aragon）《巴黎鄉巴佬》
（*Paysan de Paris*）的波浪起伏、相互重疊……

"I was astonished to see that its window was bathed in a greenish almost subm

我嚇了一跳，窗戶籠罩在一片墨綠色之中，閃耀著接近潛艇般的光線，

that, I remember, emanated from the fish I watched, as a child … but still I ha

來自記憶中小時候看到的那條魚……

properties of creatures of the deep, a physical explanation would still scarcely

就像深海裡的生物。自然界的解釋依舊

echoed back from the arched roof. I recognized the sound: it was the same voice of the seashells that

那個永遠讓詩人

的低沉震動聲。我認出那個聲音，那是貝殼的聲音，

雖然很難說這些形狀是被看到、被感覺到，或是純粹被理解。）

the source of which remained invisible. It was the same kind of phosphorescence

光源不明。　　　　　　　　那是同樣的鬼火，

t to myself that even though the canes might conceivably possess the illuminating

即便如此，　　　　　　我得承認，雖然那些拐杖可能發光，

k for this supernatural gleam and, above all, the noise whose low throbbing

不足以解釋那超自然的微光，更不足以　　　　　　解釋自拱形屋頂反射回來

ver ceased to amaze poets and film-stars. The whole ocean in the Passage de l'Opéra . . ."

樣有電影明星　　　　　　著迷的聲音。整片　　　　海洋位於巴黎拱廊下……

意 符

不得不說，閱讀時，我們有時**只看到**文字。我們看到的東西**是**字詞，由字母所組成，但是我們被訓練要超越它們——要看文字與字母符號指向的東西。文字就像箭頭——它們**本身**是某樣東西，但也**指向**某樣東西。

＊＊＊

文學家貝克特（Beckett）評喬伊斯的小說《芬尼根的守靈夜》（*Finnegans Wake*）：「那完全不是用寫的。那不是拿來讀的——或者該說，那不只是給人讀的，也應該被看、被聽。他寫的不是和某樣東西相關的東西，而是那樣東西本身。」

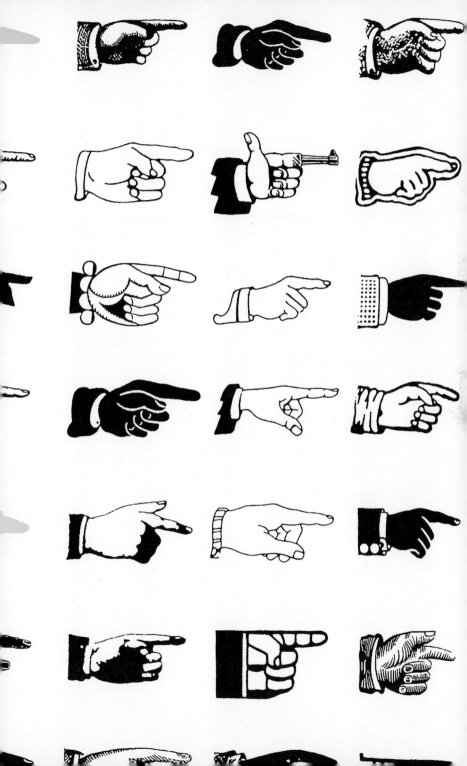

由於文字的結構與目的，也由於閱讀是**習慣**動作，我們覺得文字一目了然（它們是意符〔signifier〕）。因為我們看過太多「箭頭」，只會看它們指的方向。

***

木　Tree

林　Wood; copse

森　Forest

不過事實上，有的語言包含「意指」的圖形再現，例如象形符號（pictogram）與象形文字（hieroglyph）。在這類語言體系底下，意符（signifier）不是隨意的──符號（sign）和指涉物（referent）擁有共同的視覺特徵。此時意符是指涉物的圖形。

舉例來說，當我看見中文「木」這個字時，我注意到這個字的形狀，這個形狀幫助我想像出某種樹的樣子──某種茂密程度與形狀。同樣地，當我看見「森」這個中文字，其構造讓我想到某個面積的林子──可能是灌「木林」。我用看圖的方式來讀中文字。

（但這只是因為**我不懂中文**。）

中文讀者可能「看」不到構成他們的語言的圖畫，因爲對他們來說，閱讀中文已經成爲一種習慣（這是我聽來的理論）。

值得留意的是，讀起來陌生或不習慣的書，最困難的部分**並非**意象。當我們閱讀深奧難懂、帶有反傳統敘事結構的書時，依舊想像自己在觀看。

***

my uncle *Toby*'s story, and my own, in a tolerable straight
line. Now,

These were the four lines I moved in through my first,
second, third, & fourth volumes.*—In the fifth volume
I have been very good,—the precise line I have described
in it being this:

By which it appears, that except at the curve, marked A.
where I took a trip to *Navarre*,—and the indented curve

* Alluding to the first edition.

B. which is the short airing when I was there with the
Lady *Baussiere* and her page,—I have not taken the least
frisk of a digression, till *John de la Casse*'s devils led me
the round you see marked D.—for as for *c c c c c* they are
nothing but parentheses, and the common *ins* and *outs*
incident to the lives of the greatest ministers of state; and
when compared with what men have done,—or with
my own transgressions at the letters A B D—they vanish
into nothing.

In this last volume I have done better still—for from
the end of *Le Fever*'s episode, to the beginning of my
uncle *Toby*'s campaigns,—I have scarce stepped a yard
out of my way.

If I mend at this rate, it is not impossible—by the good
leave of his grace of *Benevento*'s devils—but I may arrive
hereafter at the excellency of going on even thus;

which is a line drawn as straight as I could draw it, by a
writing-master's ruler (borrowed for that purpose), turn-
ing neither to the right hand or to the left.

This *right line*,—the path-way for Christians to walk in!
say divines—

—The emblem of moral rectitude! says *Cicero*—
—The *best line!* say cabbage-planters—is the shortest
line, says *Archimedes*, which can be drawn from one
given point to another.—

I wish your ladyships would lay this matter to heart, in
your next birth-day suits!

—What a journey!

Pray can you tell me,—that is, without anger, before I

我們閱讀時，不只是字母組成的符號像箭頭……

Sentences are

（句子也像箭頭）

also arrows >

……段落與章節也是箭頭。一整本的小說、戲劇、故事都是箭頭。

incense a flint. Will nothing loose thy tongue? Can nothing melt thee, Or shake thy dogged taciturnity? TEIRESIAS: Thou blam'st my mood and seest not thine own Wherewith thou art mated; no, thou taxest me. OEDIPUS: And who could stay his choler when he heard How insolently thou dost flout the State? TEIRESIAS: Well, it will come what will, though I be mute. OEDIPUS: Since come it must, thy duty is to tell me. TEIRESIAS: I have no more to say; storm as thou wilist, And give the rein to all thy pent-up rage. OEDIPUS: Yea, I am wroth, and will not stint my words, But speak my whole mind. Thou methinks thou art he, Who planned the crime, aye, and performed it too, All save the assassination; and if thou Hadst not been blind, I had been sworn to boot That thou alone didst do the bloody deed. TEIRESIAS: Is it so? Then I charge thee to abide By thine own proclamation; from this day Speak not to these or me. Thou art the man, Thou the accursed polluter of this land. OEDIPUS: Vile slanderer, thou blurtest forth these taunts, And think'st for-sooth as seer to go scot free. TEIRESIAS: Yea, I am free, strong in the strength of truth. OEDIPUS: Who was thy teacher? not methinks thy art. TEIRESIAS: Thou, goading me against my will to speak. OEDIPUS: What speech? repeat it and resolve my doubt. TEIRESIAS: Didst miss my sense wouldst thou goad me on? OEDIPUS: I but half caught thy meaning; say it again. TEIRESIAS: I say thou art the murderer of the man Whose murderer thou pursuest. OE-DIPUS: Thou shalt rue it Twice to repeat so gross a calumny. TEIRESIAS: Must I say more to aggravate thy

M o n-
ster! Thy
silence would

rage? OEDI-
PUS: Say
all thou
wilt:
t

對我來說，《伊底帕斯》（Oedipus）這齣劇
往下指。

閱讀是看「透」、看「穿」……但最好也是近距離、「目光朝向某處」的觀看……

很少有直視的觀看。

***

相信

《燈塔行》給我們這樣的句子。

「牆上皺巴巴的幾束海草，帶來鹽和野草的氣息……」

你聞得到那個氣味嗎？我讀這段話時想像自己聞到了。當然，我「聞」到的其實是聞的「概念」，而不是什麼真正的氣味。我們能否想像氣味？我請教過一位神經科學家這個問題，他專門研究大腦如何建構「氣味」。

他告訴我：

> 我尚未碰過有人信誓旦旦地說，自己可以靠意志……立刻重現
> 薄荷或丁香花的氣味。我自己沒辦法，但可以靠幾乎是理性的方
> 式，擠出某次聞過的經驗片段，而不是靠心中的體驗……為什麼
> 會這樣？我認為氣味的本質……較為原始、和肉體有關：你無
> 法在心中創造出強烈的疼痛或瘙癢感，然後以同樣的強度感受它
> 們。或許原因在於氣味是原始的刺激……從幾個方面來說，原始
> 的感官對生存非常重要。身體不要你無緣無故在心中製造出聞到
> 危險、食物或伴侶的感受，除非那些東西真的存在——行動要付
> 出代價，假警報可能帶來問題。

想像的時候，我們的感官體驗會變遲鈍，以區分想像的情境以
及真實世界。我們「幾乎是靠理性的方式」，「擠」出一段體
驗。

我覺得很有趣的是，大部分的人都認為自己完全可以想像出氣味，在心中聞到。他們閱讀的時候，甚至會告訴自己，**他們剛才聞到了東西。**

（「我們讀了一本書」的意思是：我們完整**想像**了一本書。）

「鹽和野草」的氣味：

我並非真的聞到**那麼多**鹽與野草的氣味，而是在進行通感轉換。我靠著「鹽和野草的氣味」幾個字，想起自己待過的海邊度假小屋。那個體驗並未包含任何真正的氣味回憶，而是留下微弱視覺殘像的**一閃而過**。那是不斷變化的幻覺，那是一道北極光。

那是幻覺元素構成的星雲。

***

問題在於，如果我告訴別人，我不相信他們可以（在心中）召喚出記憶中的氣味，大家會覺得被冒犯。我們無法百分之百重現這個世界的說法，嚇壞了我們，我們感到無所適從。我們難以割捨人類描述心智、記憶與意識的隱喻。我們告訴自己，閱讀一本小說就像在看一部電影，想起一首歌就像坐在聽眾席之中。如果我說出「洋蔥」這個詞，你會情不自禁——彷彿再次聞到了洋蔥的味道。如果告訴人們這一切都不是真的，人們會感到不自在。

*** *

可能有人會說：「如果你無法藉由記憶召喚出氣味（或聲音），或許是因為你的鼻子不夠靈（或聽力太差）。」（我無法反駁這種說法。）「但也許鼻子很好的人，可以在內心召喚出氣味，例如侍酒師或香水師⋯⋯」

侍酒師聞到東西時，他們的反應比我靈敏、比我複雜，也因此侍酒師在回憶氣味時，他們的心智會運作得比我好、比我完整——他們有一套豐富的氣味分類系統，可以提取資料，而且還有許多判斷與分類的標準。有的氣味刺鼻，帶有微微果香。有的則具有刺激性、酸酸的。只有專家才知道各種氣味落在光譜何處。然而這樣的知識，不過是一座可以懸掛嗅覺記憶藤蔓的心智棚子。

這些藤蔓不會開花，也不會結果。不會在我們的心中開花結果。

***

我是個視覺型的人（至少別人這麼說）。我是書籍設計師，除了靠視覺敏銳度養活自己，也必須具備抓住文本視覺線索的能力。然而，要我想像人物、水仙花、燈塔或是霧氣，我並不比別人厲害。

***

或許我們閱讀時，我們清楚想像、聞到、聽到的能力，要靠我們相信自己能夠辦到？認為自己能夠想像，其實就是一種想像。

我們認為（我們相信），我們閱讀時是在被動地接收**畫面**……

> 我觀看，見狂風從北方颳來，隨著有一朵包括閃爍火的大雲，周圍有光輝；從其中的火內發出好像光耀的精金。（譯註：合和本〈以西結書〉）

或許閱讀的想像基本上是一種神祕體驗——無法用邏輯化約。那些畫面就像神啓，超凡入聖，不**屬於**我們的經驗——而是**降臨**在我們身上。或許那些畫面來自讀者與作者形而上的結合。或許作者探訪宇宙，成爲宇宙的媒介（或許這個過程是**超自然的**？）

> 既轉過來，就看見七個金燈臺。燈臺中間有一位好像人子，身穿長衣……他的頭與髮皆白，如白羊毛，如雪；眼目如同火焰。
> （譯註：合和本〈啓示錄〉）

或許讀者是「觀看者」（see-ers）的概念，以及我們用來描述閱讀體驗的習慣說法，都源自這個傳統——降臨（visitation）、領報（annunciation，譯註：天使告知聖母她將誕下聖子）、夢中幻景、預言，以及其他宗教啓示或神祕顯靈……

天使、惡魔、燃燒的荊棘（burning bushes，譯註：〈出埃及記〉中的異象）、繆斯女神、夢境、癲癇、藥物引發的幻想……

夢境景象（詩人喬叟〔Geoffrey Chaucer〕）：

> 沉睡時我做夢，我躺著，
> 非洲穿著相同的衣服，
> 如同羅馬的非洲征服者西庇阿（Scipioun）先前看到他，
> 他來到我床邊，站在那

詩歌景象（英國詩人布萊克）：

> 來了一位天使，拿著一把閃閃發亮的鑰匙，
> 打開棺木，所有人重獲自由

麻醉劑景象（英國散文家德昆西〔Thomas De Quincey〕，譯註：德昆西記錄吸食鴉片後的幻境感受）：

> 一座戲院彷彿突然在我腦子裡打開，亮了起來，呈現光彩奪目的夜間景象，超越世上美景。

幻覺（莎士比亞）：

> 我眼前看到的可是匕首，
> 那把插向我的刀柄？

癲癇景象（杜思妥也夫斯基）：

> 他的腦子似乎瞬間著火……在那些時刻，他的感受鮮活起來，他的意識強化十倍，像閃電一樣電光石火。他的心智被耀眼的光線吞沒。

夢

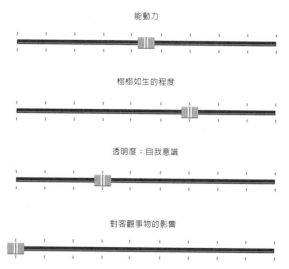

能動力

栩栩如生的程度

透明度：自我意識

對客觀事物的影響

幻覺

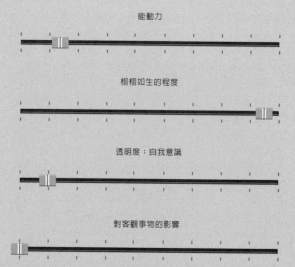

能動力

栩栩如生的程度

透明度：自我意識

對客觀事物的影響

真實感知

能動力

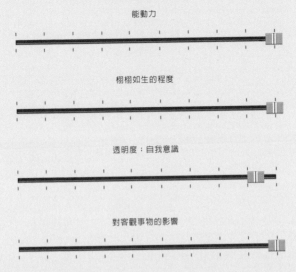

栩栩如生的程度

透明度：自我意識

對客觀事物的影響

閱讀想像

能動力

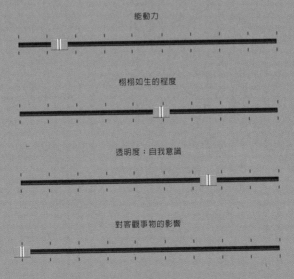

栩栩如生的程度

透明度：自我意識

對客觀事物的影響

文學景象能否像宗教顯靈或柏拉圖的眞理一樣，比現象的實體
還**眞實**？它們是否指向更深層的眞實性？（或者該問：文學景
象在模擬眞實世界時，是否指向**眞實世界**的不眞實性？）

模型

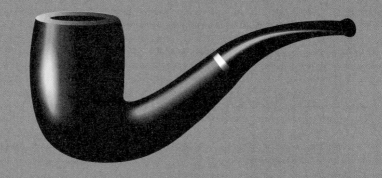

這不是斯塔布的菸斗

譯註：此圖模仿藝術家馬格利特（René Magritte）的幽默嘲諷畫作《這不是菸斗》。

我們讀到某樣東西時，例如某個地方、某個人物，我們會把它從周圍的實體中抽出來。我們辨識它，把它從無差別之中分割出來。想想《白鯨記》中斯塔布的菸斗，或是希臘英雄阿基里斯（Achilles）的盾牌（它們不同於其他東西，不是《白鯨記》船長亞哈〔Ahab〕的義肢，也不是另一位希臘勇士赫克特〔Hector〕的頭盔）。我們在心裡描繪出某種菸斗的形象。它是這樣而不是那樣的一支菸斗。於是，我們心中生成某種形象，可以留下這個菸斗的記憶並加以運用，重複利用這項資訊。這種「再現」是某種模型，所以我們讀者是鑄造模型的人。

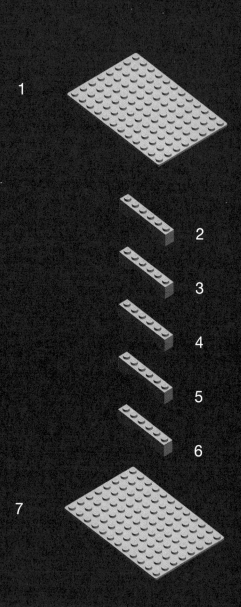

心理學家尚·皮亞傑（Jean Piaget）告訴我們，想法是「心智的再現」（mental representation，譯註：又譯「心理表徵」）。

不過，那是**哪一種**再現？符碼？符號？文字？命題？圖畫？

＊＊＊

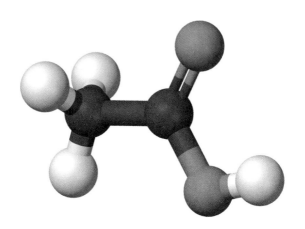

$$-\!\!\!\to x^2 + px + q = 0 \qquad W = \int_{s_1}^{s_2} F(s) \cdot \cos\alpha \, ds \qquad \qquad v = \frac{ds}{dt}$$

$$-\!\!\!\to x_{1/2} = -\frac{p}{2} \pm \sqrt{\left(\frac{p}{2}\right)^2 - q} \qquad \qquad \tanh x = \frac{e^x - e^{-x}}{e^x + e^{-x}} \qquad \theta = \underline{I} \cdot N$$

$$f_r = \frac{1}{2\pi} \cdot \frac{1}{\sqrt{LC}} \; ; \; \omega = 2\pi f_r \qquad \qquad u_c = U\left(1 - e^{-t/RC}\right) \qquad C + O_2 \to CO_2$$

$$4\,FeS_2 + 11\,O_2 \to 2\,Fe_2O_3 + 8\,SO_4$$

$$-\frac{d}{dt} \int_A \vec{B} \, dA = \oint_L \vec{E}' \, dl = -\int_A \left(\frac{\partial \vec{B}}{\partial t} + rot\,(\vec{B} \times \vec{v})\right) dA \qquad z \times y \; ; \; z = x$$

$$HCl + H_2O \rightleftharpoons Cl^- + H_3O^+ \qquad a^2 = b^2 + c^2 \;-\!\!\!\to W_{rot} = \frac{1}{2} \cdot J\omega^2$$

$$V = \frac{1}{6}\pi h\left(3e_1^2 + 3e_2^2 + h^2\right) \qquad \rho_v = \int_{r=0}^{\infty}\int_{\vartheta=0}^{\pi} \frac{r^2}{s\theta_2} H_\varphi H_\varphi^* \sin\vartheta^4 \, d\vartheta \, dP$$

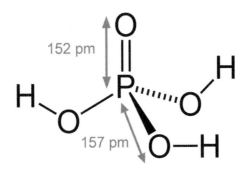

EQUOS

ARBOR

譯註：EQUOS：拉丁文的「馬」；ARBOR：拉丁文的「樹」。

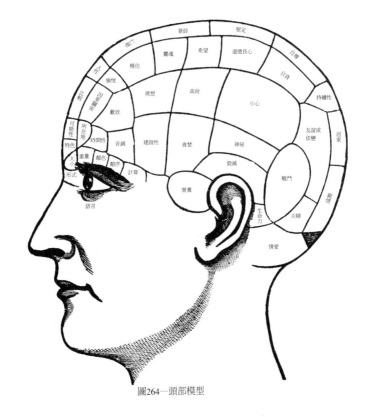

圖264—頭部模型

心靈器官的名字、編號與分佈位置

1.情愛——夫婦之愛、情感。
A.婚姻愛——一生的結合、配對本能。
2.親情——照顧後代與所有年幼者。
3.友誼——社交行為、朋友聯合在一起。
4.居家——熱愛家鄉與國家。
5.持續性——運用、連貫。
E.生命力——抓住生命、不屈不撓、堅持不懈。
6.戰鬥——防禦、勇氣、批評。
7.毀滅——執行、促成、推動的力量。
8.營養——食欲等等。
9.貪婪——節儉、節約、獲得。
10.神祕——自控、方針、保留。
11.小心——戒備、留神、安全。
12.自負——熱愛掌聲、喜愛炫耀。
13.自尊——尊重自己、尊嚴、權威。
14.堅定——穩定、堅忍不拔、不動搖。
15.良心——是非對錯、正義。
16.希望——期待、預期、全然信任。
17.精神——直覺、預先知道、信仰。
18.景仰——崇拜、愛慕、尊重。
19.仁慈——同情、和善、慈善。

20.建設性——手巧、發明、工具。
21.理想——品味、喜愛美麗事物、詩歌與藝術。
B.高尚——熱愛壯麗、巨大、宏偉的事物。
22.模仿——仿效、模擬的天性。
23.歡愉——樂趣、機智、嘲諷、愛開玩笑。
24.特色——觀察、想看的好奇心。
25.形式——形狀、外貌、人事物的記憶。
26.大小——眼睛評估的數值。
27.重量——控制動作、平衡。
28.顏色——辨別與喜愛顏色、色調、色度。
29.秩序——方法、系統、遵照規矩、安排。
30.計算——心算數字。
31.所在地——地點、位置、旅行的記憶。
32.可能性——事實、事件、歷史的記憶。
33.時間性——知道何時、時間，參照天、日期、準時。
34.音調——熱愛音樂、和諧感、歌唱。
35.語言——文字、行動、符號的表達。
36.因果關係——計畫、思考、哲學。
37.比較——分析、推論、舉例。
C.人性——睿智、察覺動機。
D.老練——討喜、溫和、禮貌。

我們心中再現文學人物時，我們在模擬什麼？**靈魂？**

我再三逼問讀者……請他們描述小說中的主角（一定只能討論大家剛讀完的書，或是讀過好幾遍的書，這樣他們心中召喚出的閱讀畫面才是鮮明的）。大家回答的時候，總是先提供那個人物一至兩項的外貌特徵（例如「他很矮、禿頭——我只知道**這些**」），接著就長篇大論描述起那個人的個性（「他是個膽小鬼，覺得自己有志難伸，對人生感到不滿」等等）。這時我通常得加以制止，提醒大家只需形容外表。

也就是說，我們搞混書中人物**看起來的樣子**，以及他們理論上**是**什麼樣的人。

從這個角度來看，我們讀者是反其道而行的顱相學家，因為我們用「心」推論「身」。（譯註：如前一頁的大腦圖所示，顱相學認為心靈對應著大腦的特定區域，因此可以用頭顱判斷一個人的性格，例如友誼所在的後腦如果發達，代表是個重友誼的人。）

***

「鼻子大，心胸可能也大。」
——劇作家艾德蒙‧羅斯丹（Edmond Rostand），
《大鼻子情聖》（*Cyrano de Bergerac*）作者

壯鹿馬利根（還記得他嗎？他是喬伊斯小說《尤利西斯》的開場人物）……

我們還知道他其他的事……

他在小說的不同段落，分別：

> 長著一張「馬」臉；下巴看起來「悶悶不樂」；「強壯」又「結實」；髮色淡；牙齒白；眼睛呈「霧般的藍色」；「不耐煩」；娃娃臉，偶爾的臉紅讓他顯得年輕；穿著袍子；穿背心；戴著巴拿馬帽；皺著眉頭；「哄騙」；「孔武有力」；「直挺挺」；「說話下流」；「牧師般嚴肅」；「沉重」；「開心」；「虔誠」；「口蜜腹劍」……

以上這些描述，都不能幫助我想像壯鹿的長相（有的甚至自相矛盾，例如他身材「結實豐滿」但又長著一張「馬」臉）。

而且這些形容壯鹿的詞，幾乎**可以**用來形容任何人。其實，書一開頭介紹他的形容詞（**儀表堂堂、結實豐滿**）定義了他，但不是以一個畫面定義。對我來說，那串形容指定了一個**類型**。

（這裡的「儀表堂堂」與「結實豐滿」有如某種分類，與其說它們描述了外表，不如說它們刻畫出個性。）

小說的屬性很多，
其中之一是歸納人物
類型的學問⋯⋯

我發現，我們不常稱讚寓言擁有**豐富的敘事**（許多讀者則常讚美小說與故事具備這項優點）。這種文類中，人物通常代表明顯的普世類型。

平鋪直敘的寓言人物與場景，故意平面化、卡通化，讓這樣的文學系統得以運作。對寓言來說，相較於心理細節的描寫，普世價值才重要。我們讀者在讀這樣的故事時，甚至可能認同一隻狐狸、獵鷹、蟋蟀、半羊人或公鹿。

（寓言故事的人物與場景，擁有公式化的視覺元素，我們一看就懂。然而在寫實小說中，即使是心理層次最豐富的角色，以及被不厭其煩描寫的地點，視覺上都是**平板的**。）

Knight-Errant, Harlequin, Mad Scientist, Evil Clown, Elderly Martial-Arts Master, Gumshoe, Action Hero, Crone, Whit Hunter, Spinster, Space Nazi, Reluctant Hero, Ingenue, Nerd, Diva, Redshirt, Hooker-with-a-Heart-of-Gold, Battle-Axe Absent-Minded Professor Town Drunk, Southern Belle, Lone Drifter, Roué, Blind Prophet, Jezebel, Village Idiot, Everyman, Martian

是否**所有**類型的小說中的**所有**人物，都只是一種視覺類型，代表某個類別——某種體型、身材、髮色……？

我讀小說的時候，並不覺得是這麼一回事。寫得好的人物讓人覺得獨一無二，但是這種獨一無二純粹是心理層面的獨特。我已經提過好幾次，作者會捨棄小資訊，不提人物的外貌細節——因此在我們的想像中，這些小說人物在視覺上並不獨特，每一位看起來都不一樣。我們很難想像他們擁有視覺上的**深度**。

但不知怎地，他們似乎真的有。

最重要的是「紅皮膚」（Redskinnery）……拿掉了羽毛、高顴骨、流蘇褲，把印第安戰斧換成手槍，還剩下什麼？我要的不是暫時的懸疑性，而是那整個世界——雪，還有雪靴、河狸與獨木舟、征服之旅與印第安小屋，以及酋長海華沙（Hiawatha）的名字。

——C・S・路易斯，《談故事》（*On Stories*）

←譯註：游俠、丑角、瘋狂科學家、邪惡小丑、年長的武術大師、偵探、動作片英雄、老太婆、非洲的白人獵人、老處女、科幻太空納粹、被迫成為英雄的主角、天真少女、怪胎、萬人迷、一出場就陣亡的人物、心地善良的妓女、母老虎、糊塗教授、醉漢、南方美女、漂泊的流浪漢、色狼、盲眼先知、無恥的女人、鄉巴佬、普通人、火星人。

一個人物或場景如何獲得這種**明顯的**？文字組合如何**被感受到**？

它們如何在我們心中完整出現？如何在視覺上變得⋯⋯

Whole?

（完整？）

零
&
整

我讀希臘史詩《伊里亞德》的時候，發現作者荷馬未多加描述主角阿基里斯的長相特徵（各位都讀到這了，應該不感意外）。我所知道的阿基里斯，大多來自閱讀時的推測。

幸好，阿基里斯有「史詩稱號」（epithet），他是「飛毛腿」。（除非是我把阿基里斯和其他人搞混了，例如帕特羅克洛斯〔Patroclus，譯註：史詩人物常會和特定的形容詞一起出現，例如「飛毛腿阿基里斯」〕……）

史詩稱號像是名牌（荷馬史詩中的稱號可以幫助讀者和詩人記住人物）。女神雅典娜（Athena）也有稱號：她是「灰眸」（glaucopis）（也是「白臂」〔white-armed〕）。女神赫拉（Hera）則是「牛眼」（Ox-eyed）。

（我一直很喜歡「牛眼」這個意象所傳達的凶惡感——這讓赫拉這位向來被刻劃成妒婦的女神，多了令人同情的深度。）

各式各樣的史詩稱號，比文字敘述更能抓住人物特色。

荷馬史詩裡的稱號通常不只描繪出外表——通常還**栩栩如生**，讓人好記。*

***

* 舉例來說，「和酒一樣深」（wine-dark）的海長什麼樣子？人們對此爭論不休。和酒的顏色一樣深的海，是否是綠色或藍色的海洋，再加上夕陽或日出的玫瑰色澤？荷馬的海是藍的嗎？或者他覺得是紅的？希臘人看得到藍色嗎？歌德的《色彩理論》（*Theory of Color*）指出，對古希臘人來說，顏色的定義沒那麼嚴格：「正紅色（purpur）介於暖色調的紅色與藍色之間，有時接近緋紅，有時接近紫羅蘭色。」所以對荷馬來說，海的顏色「和酒一樣深」，是因為海「看起來像那樣」？還是因為「和酒一樣深」幾個字的韻律正好是詩人需要的——還是它是比較好記的修飾語？

「灰眸」與「牛眼」不只是畫面的細節。我們聽到「牛眼赫拉」的時候，不會只想像一對眼皮沉重、漂浮在空中的眼睛。

某種程度上來說，赫拉的眼睛就代表了整個人物：眼睛是「部分」的她，但也代表整體的她。赫拉的眼睛是一個「轉喻」（metonymy）。轉喻是一種修辭手法，意思是拿某樣相關的東西（或概念），指稱另一樣東西（或概念）。兩者相關之處通常**很明顯**。以「五角大廈」（Pentagon，美國國防部）為例⋯⋯

……五角大廈指的是一棟建築物，不過更重要的是，它指的是位於那棟建築物的美國軍事指揮權。那棟建築就像是同義詞；相關的概念變成國防部的「替身」。同樣的道理，「白宮」指的是美國總統府的全體員工（鏡頭拉遠一點來看），「華盛頓」則代指整個美國政府。此時，具體的事實（地理位置、建築物）替代了較複雜難懂的概念。

***

譯註：五角大廈空照圖。

赫拉的眼睛是一個轉喻⋯⋯

更明確一點來說，赫拉的眼睛是「借代」（synecdoche）——用「部分」指稱「全體」的轉喻。

例如，英文可以用「手」（hand）代指「人」（水手）。

「所有的手（人員）
到甲板上集合！」
"All hands on deck!"

另一例：英文中，稱讚車子很炫可以說「輪子不錯……」
（Nice wheels...）

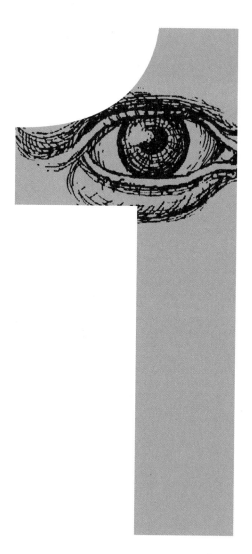

赫拉的眼睛是原子，代替與代表更大的分子複合體（我們不認為文學人物是「部分」的集合，就像我們不覺得真人是個別零件全部組合在一起。我們把人／人物當成整體——它們是不可分割的單一體）。

我認為自己是「一」，不是「多」。

以安娜・卡列尼娜來說,她「閃閃發亮的灰眼睛」**就是**她整個
人,那是我們讀者抓住的她。她的眼睛就像赫拉的眼睛,是借
代,是她的稱號。

換喻就像隱喻，有的人視它們爲人類天生的語言能力，更是人類基本的認知能力（我們理解**部分代替整體**的能力，是我們理解世界、與他人交流的重要工具）。我們是有形體的生物，由肉體組成，有身體，而整個身體由一塊塊的身體部位組成。如果生來有身體，必然生來帶有某些自然的抽象借代關係。

（看看你的指甲：從某種層面上來說，你是這片指甲，但你的指甲也是你的一部分。）

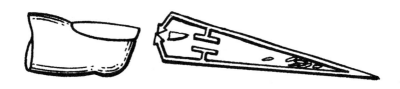

天生能夠從「部分」推斷出「整體」是一種基本能力，也是一種反射動作。瞭解「部分／整體」的結構關係，讓我們**看見**角色，看見敘事，正如這種理解能力讓我們在身心兩方面在這世上運作。

***

用「部分」代替「整體」是一種置換。

隱喻和類比、轉喻一樣，也是置換。

莎士比亞的羅密歐（Romeo）把茱麗葉（Juliet）比為太陽時，他提出類比（茱麗葉「像」太陽），但也用太陽代替茱麗葉（茱麗葉「是」太陽）。莎士比亞用這個隱喻提供更多資訊，讓我們理解其他事物的抽象與具體關聯，例如羅瑟琳（Rosaline，譯註：羅密歐原本喜歡的女子）像月亮。茱麗葉的隱喻因此取代了「茱麗葉」這個人物。茱麗葉整個人太複雜，我們的心智無法全部理解，「太陽茱麗葉」因此成為另一種標籤。

本書

用來

描述

閱讀

經驗的

隱喻：

拱橋	幻境
箭頭	刀子
原子	圖書館藏書
觀眾	線條
北極光	上鎖的房間
浴缸	放大鏡
橋	地圖
相機	迷宮
蠟燭	隱喻本身
卡通	顯微鏡
開車出遊	模型製作
椅子	分子
時鐘	音樂
修道院	管絃樂團
硬幣	心理治療
電腦程式	拼圖
樂團指揮	宗教景象
競爭	河流
水壩	道路
夢境	路牌
眼睛	角色扮演遊戲
眼睛（心靈之眼）	人格投射墨跡測驗
眼瞼	規則手冊
家譜	素描
電影	聚光燈
霧氣	教科書
功能	向量
漏斗	電玩
西洋棋	走路
一杯水	牆壁
眼鏡	酒

稱號與隱喻不是名字，但也不是敘述。關鍵在於作者選擇用書中人物的哪一面來代表他們。作者藉由這樣的方式，進一步**定義**筆下的人物。如果壯鹿馬利根「儀表堂堂、結實豐滿」，一定有重要的理由。

前文提過，這種運用稱號的技巧，可能是我們定義身邊（真實）人物的方式……我們把他人的特質放在最重要的位置；我們把他們的一部分「放到畫面的前景」，有那部分就夠了。（我有個朋友，我想起他時，只看見他的眼鏡。）

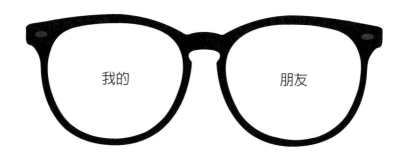

而我懷疑……

我們怎麼可能不這麼做？

假使少了這樣的工具，整個世界會立刻排山倒海而來，有時資訊會豐富、複雜到讓我們當機。

→譯註：此面文字為第396頁的文字不斷重複，特別是「當機」幾個字。

abundantly elaborately

and informative

elaborately abundantly

elaborately

informative as

native crippling

abundantly

to be abundan

elaborately

crippling

and as

elaborate

informative be

informative crippling

to be to be

crippling

cripplingcrippling

模糊不清

我們閱讀的世界由片段組成，不連貫的點──分散各處。

（我們自己、我們的同事、我們的另一半，以及父母、孩子、朋友也一樣……都是由片段組成。）

我們靠著閱讀、自己加上的稱號，還有隱喻、借代、轉喻，認識自己及身邊的人。即使是我們在這世上最愛的人，我們也是透過他們的片段及替代品來閱讀他們。

這世界對我們來說是一本正在開展的書。我們瞭解這個世界的方式，是把片段拼湊在一起──漸漸合成它們。

我們靠著「合成」來理解事物。（那是我們所知的一切。）

在此同時，我們一直相信自己看到的是整體──這是虛構的「看」。*

---

* **景象本身**就是虛構的──人類的雙眼看到的景象原本就是合成的事物，我們的大腦把兩隻眼睛分別看到的世界合在一起（略過鼻子）。

幻象；

擬像；

蔓延；

分裂的碎片；

殘骸⋯⋯

我們試圖理解這個世界時（我們看得懂的部分），一次理解一個片段。這世界一個一個的片段，是我們在有意識的情況下感知到的東西。我們其實不知道這些東西是由什麼組成的，不過我們假設，我們在世上的體驗混合了原本就存在的東西，以及我們自己擁有的東西（我們自己——我們的記憶、看法、癖好等等）。

作者是閱讀體驗的策展人。他們過濾這世界的噪音，盡量提煉出最純粹的訊號——他們在渾沌之中創造出敘事，把敘事組織成書的形式，並以某種難以用文字表達的方式，主宰閱讀的體驗。然而，不論作者提供讀者多純粹的數據集——不論事先多努

力篩選、多縝密地重新架構——讀者的腦袋依舊會執行自己的預定任務：分析、過濾並分類資訊。我們的腦袋對待一本書的方式，就好像那是世上其他未經篩選、加密的訊號一樣。也就是說，對讀者來說，作者的書再度成為一種噪音。我們盡量接收作者的世界，但是又在閱讀心靈的蒸餾瓶裡混入自己的東西。我們把兩者合而為一，提煉出某種獨特的東西。我猜這就是閱讀會「發揮作用」的原因：閱讀反映了我們理解這個世界的過程。我們的敘事不一定會告訴我們這世界的真相（雖然有可能），閱讀感覺起來如同意識本身，閱讀**就像**意識：不完整、片段、模糊不清，是一種共同創作。

***

人生最神祕的事莫過於此：世界呈現在我們眼前，我們接收這個世界，但我們沒看到接縫，沒看到裂痕，也沒看到不完整的地方。

我們什麼都沒錯過。

讓我們再次回到《燈塔行》。

莉莉‧布里斯科在草坪上作畫……

TO THE LIGHTHOUSE

VIRGINIA WOOLF

吳爾芙用莉莉的抽象畫作來隱喻廣義的「創作」——作家、詩人、作曲家重建我們瞬間即逝的世界。進一步來說，這幅畫作代替了吳爾芙《燈塔行》這本書。

莉莉‧布里斯科的畫如何重塑場景？如何重塑雷姆塞太太、詹姆士、房子以及窗戶？

她說，可是這幅畫不是在畫它們。至少不是如他所想的那樣。是有可能以其他方式向它們表達敬意，例如透過這裡的一團影子，或是那裡的一道光線。她大致假設，如果一幅畫一定得是獻禮，她的獻禮正是採取這樣的形式。母親和孩子可以化約成一團影子，但沒有不敬之意。

MATES POUR LA DE

T ÉMERAU

NC   SÉRIE P   —

DE CHROME

A DÉCORATION A

FRANC & Cⁱᵉ

MINE ORAN

A DÉCORATION AE

FRANC & Cⁱᵉ

ANC D'AR

CARBONATE DE PL

Silver white m

remserweiss a

ANC & Cⁱᵉ

QUE DE GAR

ORDINAIRE

Madder lake

Krapplack

FRANC—PA

SIENNE

Burnt Sien

di Sienna g

FRANC—P

U DE CO

INATE DE C

Cobalt blu

Cobaltblau

FRANC—P

我們化約。

作者寫作時會化約，讀者閱讀時會化約。大腦的功能包括化約、替代、象徵……擬真不僅是錯誤的目標，還是不可能達成的目標。於是我們化約，而且化約時帶著敬意，這是我們理解這個世界的方式。人類就是這樣運作的。

想像故事就是在化約。我們透過化約創造意義。

經過化約的事物是我們看到的世界──是我們閱讀時看到的東西，也是我們閱讀這個世界時看到的東西。

化約的結果便是閱讀的樣貌（如果閱讀有任何樣貌可言）。

***

莉莉的畫：

她再也意識不到外界的事物，以及她的名字、她的人格、她的外貌，也意識不到卡麥可先生是否還在那裡。她的心不斷從深處拋出景象、名字、話語、記憶、思想，就像噴泉噴灑在那個閃耀、異常難懂的白色空間……但她想，有個辦法可以認識人們：瞭解輪廓，而非細節。

輪廓，而非細節。

在那裡，她的畫在那裡。是的，那些綠色和藍色，那些線條往上
跑，相互交叉，那幅畫想要表現某樣東西……她看著階梯，台階
是空的；她看著自己的畫布；畫布糊了。

***

模糊不清。

***

國家圖書館出版品預行編目(CIP)資料

我們在閱讀時看到了什麼？：用圖像讀懂世界文學
/ 彼得‧曼德森（Peter Mendelsund）著；許恬寧譯.
-- 初版. -- 臺北市：大塊文化, 2015.09
　　面；　公分. -- (catch ; 219)

譯自：What we see when we read : a phenomenology ;
with illustrations
ISBN 978-986-213-626-3（平裝）

1.世界文學 2.圖像學

810　　　　　　　　　　　　　　104014795

謝辭

我要感謝許多人，尤其是：萊克西・布魯姆（Lexy Bloom）、傑夫・亞歷山大（Jeff Alexander）、彼得・特澤恩（Peter Terzian）、安・梅西蒂（Anne Messitte）、班・塞肯（Ben Shykind）、格蘭・克茲（Glenn Kurtz）、珍妮・波西（Jenny Pouech）、桑尼・梅塔（Sonny Metha）、布利姬・凱瑞（Bridget Carey）、麥可・席維伯格（Michael Silverberg）、丹・坎特（Dan Cantor）、彼得・皮澤爾（Peter Pitzele）、羅素・佩羅（Russell Perreault）、克勞蒂亞・馬丁內茲（Claudia Martinez）、湯姆・波德（Tom Pold）、丹・法蘭克（Dan Frank）、芭芭拉・理查（Barbara Richard）、羅茲・帕爾（Roz Parr）、佩芝・史密斯（Paige Smith）、梅根・威爾森（Megan Wilson）、卡羅・卡森（Carol Carson）、東尼・契里科（Tony Chirico）、凱特・倫德（Kate Runde）、史蒂夫・麥克納伯（Stephen McNabb）、哈依梅・狄巴羅斯（Jaime De Pablos）、路安・華瑟（LuAnn Walther）、昆恩・歐尼爾（Quinn O'Neill）、麥克・瓊斯（Mike Jones），以及「一流」出版社（Vintage Books）的所有員工：珍妮佛・歐森（Jennifer Olsen）、巴布羅・德爾肯（Pablo Delcan）、奧利佛・芒德（Oliver Munday）、卡登・偉伯（Cardon Webb）、大衛・威克（David Wike）、麥克斯・費登（Max Fenton）、亞瑟・丹托（Arthur Danto）、華勒斯・葛雷（Wallace Gray）；我最早、最棒的讀者：朱蒂・孟德森（Judy Mendelsund）、麗莎・曼德森（Lisa Mendelsund），以及永遠支持我的卡拉（Karla）。

最後我要感謝書封設計師——他們是鬆散的藝術家聯盟、出版業的骨幹，以及永遠的基層人員。身為你們的一員，我深感榮幸。

圖片授權

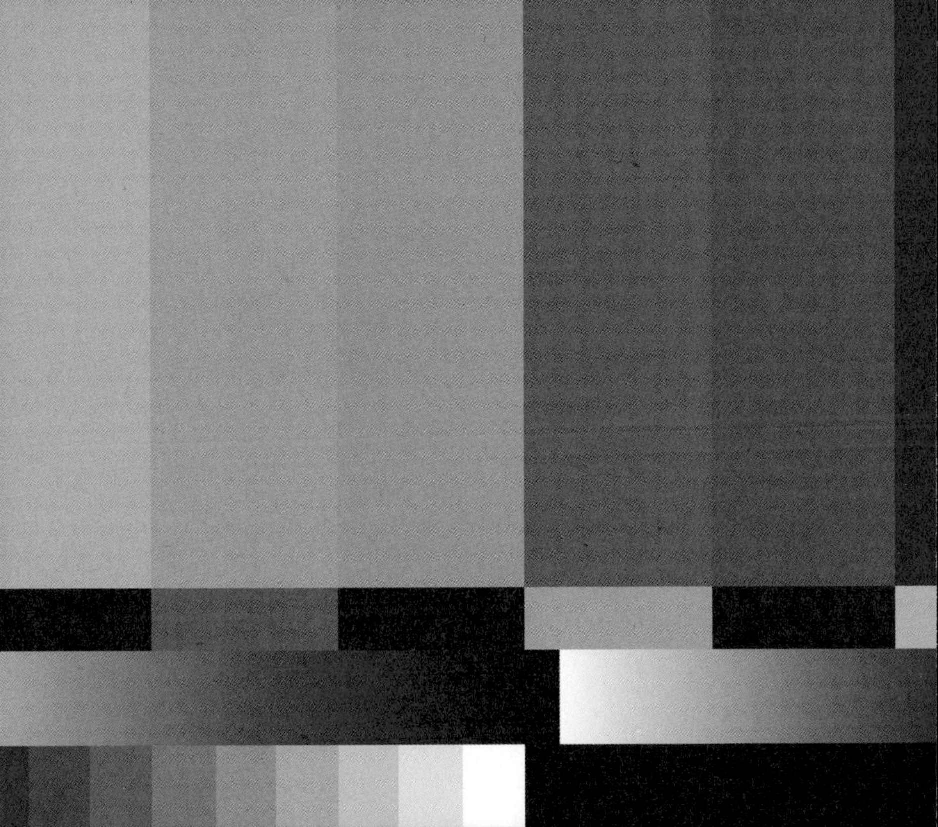

「列文凝視著肖像。明亮的光線下，畫中人物躍然於畫框之外，他移不開視線……那不是一幅畫，而是一名魅力十足、活生生的女子。她一頭黑色捲髮，露出肩膀與雙臂，嘴唇彎成一抹若有所思的笑容，上方布滿柔軟的汗毛；她用柔媚的勝利眼神看著他，他讀不懂那個眼神。她不是眞人，只因她比世間女子還美。」